EX LIBRIS

Aus der Bibliothek von:

____

____

____

Die drei !!!

Die drei !!!

Mira Sol

Die drei !!!

Legende der Einhörner

Kosmos

Umschlagillustration von Ina Biber, Gilching
Umschlaggestaltung von Friedhelm Steinen-Broo, eSTUDIO CALAMAR

Weitere Bände dieser Reihe siehe S. 144

FSC www.fsc.org MIX Papier aus verantwortungsvollen Quellen FSC® C014496

Gedruckt auf chlorfrei gebleichtem Papier

ISBN 978-3-440-16020-6
Redaktion: Franziska Kunze
Lektorat: Claudia Müller
Produktion: DOPPELPUNKT, Stuttgart
Druck und Bindung: GGP Media GmbH, Pößneck
Printed in Germany / Imprimé en Allemagne

Die drei !!!

Legende der Einhörner

Im Gruselschloss

Der Wind zerrte an Franzis Haaren. Sie strich sich eine Strähne aus dem Gesicht, die sich aus einem ihrer kurzen roten Zöpfe gelöst hatte, und legte den Kopf in den Nacken. Dunkel ragten die Türme und Erker des Wasserschlösschens vor ihr in den grauen Oktoberhimmel. Eine Windböe erfasste die Trauerweiden am Ufer des Sees, sodass ihre Äste über die Wasseroberfläche gepeitscht wurden. Kleine schaumige Wellen schwappten gegen die Pfeiler der Steinbrücke, die das Schlösschen über den See hinweg mit dem Land verband.

Franzi ließ ihren Blick über den breiten Kiesweg schweifen, der in einem sanften Bogen neben dem See verlief und zum Westtor des Jakobiparks führte. Ungeduldig wippte sie auf und ab. Es war fast zehn nach vier. Wo blieben Kim und Marie?

Gerade als Franzi ihren Freundinnen eine Nachricht schicken wollte, hörte sie schnelle Schritte hinter sich. Sie drehte sich um und erblickte Marie.

»Sorry!«, rief ihre Freundin. »Mein Friseurtermin hat länger gedauert.« Marie schüttelte ihre langen Haare, die vom Wind zerzaust waren und dennoch glänzten wie pures Gold. »Ich hab mich spontan für Farbsträhnchen entschieden.« Sie breitete die Arme aus, drehte sich einmal schnell um sich selbst und sah Franzi mit leuchtenden Augen an. »Wie findest du sie?«

»Sieht toll aus«, sagte Franzi und steckte das Handy wieder ein. »Ich werde trotzdem nie verstehen, wie man so viel Zeit beim Friseur verbringen kann. Mich nervt schon das Stillsitzen, wenn ich mir nur die Spitzen schneiden lasse.«

»Ein Friseurbesuch ist Entspannung pur. Der kann nicht lange genug dauern.« Marie seufzte. »Unter drei Stunden geht bei mir gar nichts.«

Franzi verdrehte die Augen und grinste. »Furchtbar.«

»Jeder hat eben so seine Vorlieben.« Marie zuckte mit den Schultern und schaute auf ihre Armbanduhr. »Wo steckt Kim denn? Sie ist doch sonst immer so pünktlich.«

»Bestimmt hat sie sich mit David getroffen und die Zeit vergessen«, murmelte Franzi. »Ich rufe sie an.«

»Warte«, sagte Marie. »Ich glaube, da ist sie schon.«

Tatsächlich kam eine Gestalt in einem dunklen Parka über den Kiesweg auf sie zugelaufen. Sie trug einen großen Rucksack und hatte die Kapuze tief ins Gesicht gezogen.

»Tut mir leid«, japste Kim, als sie vor Franzi und Marie stand. Ihre Wangen waren rot und Schweißperlen glitzerten auf ihrer Stirn. »Ich war bei David. Die Zeit ist so schnell verflogen. Plötzlich war es vier.«

Marie lachte. »Schon gut. Wir sind ja froh, dass du dich überhaupt losreißen konntest.«

»Du bist gemein!«, rief Kim und boxte Marie leicht gegen die Schulter. Doch dann lächelte sie. »David ist so süß. Und seine Geschichten sind einfach superspannend!«

Franzi und Marie zwinkerten sich zu. Es war schön, Kim so verliebt zu sehen. Zum Glück hatte sie vor knapp vier Wochen endlich erkannt, dass David viel mehr für sie war als nur der gute Kumpel aus dem Schreibworkshop. Nachdem ein blödes Missverständnis aus dem Weg geräumt war, schwebten die beiden nun als Dauergäste auf einer großen rosaroten Wolke.

Franzi räusperte sich. »Du kannst uns ja heute Abend, wenn

wir auf Finn aufpassen, alles ausführlich berichten. Aber jetzt lasst uns losgehen.« Sie hob ihren Rucksack vom Boden auf. »Wir sollen zum Hintereingang kommen, hat Meri gesagt.«
Die Mädchen liefen seitlich am Schloss vorbei und überquerten die schmale Holzbrücke auf der Rückseite des Gebäudes. Kim zog fröstelnd die Schultern hoch. »Bei diesem Wetter sieht das Schlösschen richtig gruselig aus.«
»Das passt doch prima«, sagte Marie. »Ich bin schon gespannt. Es ist echt nett von Meri und Sophie, dass sie eine kleine Privatführung mit uns machen.«
Franzi nickte zufrieden. Sie hatte die beiden Studentinnen am letzten Wochenende bei einem Frühstück in der WG von ihrem Bruder Stefan kennengelernt und sich auf Anhieb gut mit ihnen verstanden. Meri hatte von ihrem Nebenjob im alten Wasserschlösschen erzählt und Franzi eingeladen, vorbeizukommen, um sich ein paar alte Geheimgänge anzusehen, die der Hausmeister ihr und Sophie im Schloss gezeigt hatte.
Diese Gelegenheit konnten sich die drei !!! natürlich nicht entgehen lassen. Es gab gerade keinen neuen Fall und etwas Spannung im Alltag war ihnen sehr willkommen.
Franzi drückte die Klingel neben der schweren Eichentür.
»Was ist das eigentlich genau für ein Job, den Meri und Sophie haben?«, fragte Marie.
»Sie arbeiten an einem Projekt der Uni mit«, antwortete Franzi. »Alle Bücher hier in der Bibliothek werden digital erfasst. Meri und Sophie helfen dabei, die Seiten einzuscannen.«
Kim nickte. »Ich habe davon in der Zeitung gelesen. Die Stadt hat das Schlösschen vor einiger Zeit mitsamt der Bibliothek gekauft und renoviert. Da sind mehrere tausend Bücher

drin. Sie werden jetzt eingescannt und in einer Datenbank versammelt, damit Wissenschaftler auf der ganzen Welt mit den Texten arbeiten können.«

»Richtig«, sagte Franzi. »Meri und Sophie studieren Kunstgeschichte. Einer ihrer Professoren leitet das Projekt. So sind sie zu dem Job gekommen.«

Im nächsten Moment wurde die Tür einen Spaltbreit geöffnet. Meri streckte ihren Kopf mit den kurzen schwarzen Locken hindurch. Sie zwinkerte Franzi zu. »Wir dachten schon, ihr kommt gar nicht mehr.«

Franzi stellte Kim und Marie vor.

»Schön, euch kennenzulernen!«, rief Meri. »Franzi hat schon viel von eurem Detektivclub erzählt. Es ist total spannend, was ihr macht!«

Die drei !!! folgten ihr in den holzgetäfelten Flur.

»Wir gehen erst mal nach oben in die Bibliothek. Dort könnt ihr eure Sachen lassen.« Meri steuerte auf eine offen stehende Tür am Ende des Gangs zu. Ein Treppenhaus mit hölzernen Stufen war im Dämmerlicht zu sehen. »Außer uns ist keiner mehr im Schloss«, sagte sie, während sie die Treppe hinauflief. »Heute gibt es keine Veranstaltung und der Hausmeister, die Sekretärin und unser Professor sind schon gegangen. Aber wir haben einen Generalschlüssel zu allen Räumen.« Meri kicherte und fügte mit geheimnisvollem Gesicht hinzu: »Wobei man die Türen gar nicht aufschließen muss, um in die Säle zu gelangen …«

Marie nickte. »Die *geheimen Gänge*«, raunte sie.

»Richtig«, sagte Meri und eilte die Stufen weiter nach oben. Im zweiten Stock blieb sie stehen. Sie öffnete eine Tür und tastete kurz an der Wand entlang. Eine Reihe von kleinen Laternen flammte auf und tauchte einen kleinen, fensterlosen Raum mit Regalen an den Wänden in gelbliches Licht. Meri deutete auf einen Durchbruch zu ihrer Rechten. »Hier bekommt ihr schon mal einen Vorgeschmack.«

Kim betrachtete den schmalen Gang dahinter kritisch. »Daran hatte ich nicht gedacht«, murmelte sie.

Franzi sah sie unsicher an. Ihre Freundin fühlte sich in engen Räumen nicht wohl und bekam manchmal sogar Panikattacken. »Schaffst du das?«, fragte Franzi besorgt.

Kim atmete tief durch. »Ich glaube schon. Zum Glück ist der Gang ziemlich hoch.«

»Es sind nur wenige Meter bis zur Bibliothek.« Meri sah Kim aufmunternd an. »Auf geht's.«

Tatsächlich gelangten sie schon nach einer kurzen Strecke durch den Botengang wieder an eine Tür. Meri öffnete sie und rief: »Wir sind da!«

Kim wischte sich verstohlen ein paar Schweißtropfen von der Stirn. Ihr Gesicht entspannte sich augenblicklich, als sie die Bibliothek betrat. »Wow, wie toll!«

Auch Franzi sah sich beeindruckt um. Der hohe Saal mit den Stuckverzierungen und einem Kronleuchter an der Decke war an drei Wänden mit hohen Regalen aus dunkelrot glänzendem Mahagoniholz ausgestattet, in denen dicht an dicht die alten, zum größten Teil in Leder gebundenen Bücher standen.

»Herzlich willkommen«, erklang plötzlich eine Stimme vom anderen Ende des Saals. Sophie winkte von einer Tür aus, die sich neben einem der Bücherregale befand. »Ihr könnt eure Sachen hier im Salon ablegen, dort ist unser Büro eingerichtet.«

Die drei !!! nickten Sophie freundlich zu, während Meri die Tür hinter ihnen schloss. Franzi stellte fest, dass die Tür von dieser Seite aus kaum zu erkennen war. Das Türblatt war mit der gleichen Tapete beklebt wie die Wand, und der Knauf war so winzig, dass er sich nahezu unsichtbar in das Tapetenmuster einfügte.

»Gut gemacht, was?« Meri grinste. »Der Hausmeister hat uns erzählt, dass die Gänge nicht nur von den Dienstboten benutzt wurden, um schnell und unauffällig in die verschiedenen Räume zu gelangen. Sondern auch vom Schlossherrn selbst, der sich gerne einen Spaß mit seinen Gästen gemacht hat und hin und wieder unerwartet durch diese Tapetentüren aufgetaucht ist.«

Nachdem die Mädchen den Salon betreten hatten, zeigte Sophie auf einen Garderobenständer. »Am besten legt ihr eure Sachen da ab.« Sie strich sich die langen dunkelbraunen Haare hinter die Ohren und wandte sich an Meri: »Ich hab die letzten Regalmeter abgesucht. Da ist es auch nicht.«

»Mist«, zischte Meri. »Ich würde so gerne wissen, was es mit dieser Wunderkammer auf sich hat.«

Kim setzte ihren Rucksack ab und sah die Studentinnen erstaunt an. »Was sucht ihr denn? Und was meinst du mit *Wunderkammer*?«

Meri seufzte. »Sophie hat letzte Woche in der Bibliothek ein altes Tagebuch entdeckt, das einem der früheren Bewohner des Schlösschens gehört hat. Wir haben darin eine interessante Notiz gefunden: Der Besitzer hat das Wasserschloss im frühen 19. Jahrhundert verkauft und ist mit seiner Familie in eine – damals moderne – Villa umgezogen. Dort wollte er laut der Notiz einen geheimen Raum einrichten, um eine Sammlung unterzubringen, die seit Generationen im Besitz seiner Familie war. Wir glauben, dass es sich um eine Art *Wunderkammer* handelte.«

»Solche Kammern waren damals sehr beliebt bei Gelehrten, Adligen und wohlhabenden Bürgern«, ergänzte Sophie. »Sie sind die Vorläufer von unseren naturhistorischen Museen. Darin wurden alle möglichen Gegenstände aus den verschiedensten Kulturen und Zeiten versammelt: Bilder, Münzen, Schmuck, Skulpturen, Mineralien, getrocknete Pflanzen, Tierpräparate, Waffen und vieles mehr. Man hoffte, zwischen all diesen Sachen einen Bezug herstellen und damit die Entstehung der Welt erklären zu können.«

Marie verzog das Gesicht. »Das klingt mehr nach *Gruselkammer*«, finde ich.

Sophie lachte. »Die eingelegten Tiere sahen bestimmt gruselig aus.« Sie verschränkte die Arme vor der Brust. »Aber Meri und ich finden so etwas total spannend! Wir wollen die Wunderkammer des ehemaligen Schlossbewohners gerne finden.«

»Dazu brauchen wir das Tagebuch. Wir müssen noch genauere Angaben zu der Villa suchen, in die der damalige Schlossherr umgezogen ist. Aber leider ist das Büchlein verschwunden! Wir konnten bislang nur ganz kurz in das Tagebuch hineinblättern. Ich musste es damals schnell weglegen, weil unser Professor gerade vorbeikam, um zu sehen, wie wir mit der Arbeit vorankommen.« Sophie verdrehte die Augen. »Ich bin mir ziemlich sicher, dass ich es dort abgelegt habe.« Sie deutete zu einem niedrigen Tisch, auf dem mehrere Bücher lagen. »Wir hatten eine Woche frei, und als wir wiederkamen, war es weg. Die Studenten-Teams, die in der Zwischenzeit hier gearbeitet haben, haben es nicht gesehen. Auch unser Professor nicht.«

Kim schaltete sofort in den Detektivmodus. »Wie sieht das Buch aus?«, fragte sie und lief zu dem Tischchen rüber.

»Es ist ungefähr 20 Zentimeter hoch und 15 Zentimeter breit«, antwortete Meri. »Und vielleicht zwei Finger dick. Der Einband besteht aus dunkelrotem Leder. Darauf ist so eine Art Wappen mit drei verschlungenen Buchstaben, einem goldenen W, G und einem S.«

Kim bückte sich und besah den Boden unter dem Tischchen.

»Wir haben schon alles abgesucht«, sagte Sophie. »Sogar in den Regalen haben wir noch mal nachgesehen.« Sie zog die Augenbrauen hoch. »Es ist einfach weg.«

Franzi ließ ihren Blick durch den Raum gleiten, der einen merkwürdigen Einrichtungsmix aus alten barocken Möbeln, Hightech-Geräten und Holzkisten bot. In der Mitte thronte ein großes Kopiergerät mit einem dachartigen Aufbau. Vier Holzkisten waren neben der Tür aufgestapelt.

»Was ist denn in den Kisten?«, fragte sie.

»Zum einen Bücher, die für den Scanner hier zu groß oder zu schwer sind. Sie sollen demnächst zur Universität gebracht werden. Dort gibt es ein Spezialgerät.« Sophie ließ sich auf einen Stuhl fallen. »Zum anderen wurden stark beschädigte Exemplare verpackt. Sie müssen zuerst zum Restaurator, bevor wir sie einscannen können.«

Franzi schnippte mit dem Finger. »Vielleicht ist das Tagebuch versehentlich in eine der Kisten geraten?«

Sophie schüttelte langsam den Kopf. »Das glaub ich nicht.«

»Habt ihr denn schon nachgesehen?«, wollte Marie wissen.
»Nein. Die Bücher sind alle einzeln in Folie eingewickelt. Wenn man da sucht, braucht man Tage.«
»Ach, komm!«, rief Franzi. »Wir sind zu fünft. Das haben wir locker in einer Stunde erledigt.«
Sophie zögerte. »Ihr wolltet eigentlich geheime Dienstbotengänge besichtigen, schon vergessen?«
»Das können wir danach immer noch machen«, antwortete Kim. »Los, Mädels, auf geht's!«

Schrei in der Dämmerung

Eineinhalb Stunden später legte Franzi das letzte Buch vorsichtig in die Kiste zurück. »Das Tagebuch ist nicht dabei.«
Marie wischte sich die staubigen Hände an ihrer Jeans ab. »Ihr solltet noch mal mit den anderen Studenten sprechen, die hier arbeiten.«
»Und mit dem Professor«, ergänzte Kim.
Sophie drückte den Deckel einer Holzkiste zu. »Das haben wir doch gemacht. Niemand hat das Buch gesehen.«
Kim räusperte sich. »Sollen Marie, Franzi und ich noch mal nachhaken?«
Meri schüttelte heftig den Kopf. »Lieber nicht. Dann denkt unser Prof noch, dass wir schlampig arbeiten und Bücher verloren gehen.«
Marie nickte nachdenklich und starrte vor sich hin. Plötzlich zuckte sie zusammen und schnappte sich ein Papier, das auf einem Ablagetisch neben den Kisten lag. »Das ist ein Einlieferungsschein für ein Paketunternehmen.«
»Ja und?« Sophie sah Marie verständnislos an.
Marie überflog den Schein. »Vorgestern wurden drei Kisten mit Büchern an den Restaurator geschickt. Vielleicht war das Tagebuch dabei?«
Meri zog ihr Handy hervor. »Einen Versuch ist's wert.« Sie tippte hastig und lauschte. Dann machte sie ein enttäuschtes Gesicht. »Nur die automatische Ansage. Es ist keiner mehr da.« Sie steckte das Handy ein. »Ich rufe den Restaurator gleich morgen früh noch mal an.«

»Mach das«, meinte Kim. »Gebt ihr uns Bescheid, wenn das Buch auftaucht? Ich finde das mit der Wunderkammer echt spannend.«
»Klar!« Sophie klatschte in die Hände. »Beginnen wir jetzt mit der Geheimtour?«
Bevor jemand antworten konnte, erschallte eine männliche Stimme: »Sie arbeiten ja immer noch. Sehr löblich.« Ein hochgewachsener Mann um die fünfzig mit grau melierten Haaren trat ein.
»Professor Gercke«, sagte Meri überrascht.
Als der Mann die drei !!! bemerkte, schob er irritiert seine silberne Brille auf der Nase zurecht. »Was machen diese Mädchen hier?«, fragte er streng.
Meri und Sophie zögerten.
Kim sprang ein. »Guten Tag! Wir sind vom Schülerjournal und machen eine Reportage über alte Bibliotheken.«
Der Professor runzelte die Stirn. »Das ist sicher eine gute Sache. Aber mir wäre es sehr lieb, wenn ich unterrichtet werde, bevor fremde Personen in diesen sensiblen Bereich gelangen.«
Meri schluckte. »Ja, sicher. Daran haben wir nicht gedacht. Entschuldigen Sie.«
»Nun gut.« Der Professor lief zu einem der Arbeitstische an der Wand und sah sich suchend um. »Ich habe mein Handy hier vergessen«, murmelte er. Im nächsten Moment hatte er es auch schon gefunden und steckte es in die Manteltasche.
Er sah auf seine Armbanduhr. »Es ist schon nach sechs. Meine Damen, wollen Sie nicht für heute Schluss machen? Das Wochenende ruft.« Sophie wies mit dem Kinn zum Kopiergerät. »Wir wollten noch ein Kapitel einscannen.«

Der Professor nickte. »Wenn Sie meinen. Aber dann darf ich die drei jungen Damen bitten, mit mir zu gehen. Habt bitte Verständnis, aber aus versicherungstechnischen Gründen kann ich es nicht verantworten, dass ihr mit zwei studentischen Aushilfskräften hier alleine seid.«
Marie setzte ein gewinnendes Lächeln auf. »Wir bräuchten nur noch ein paar Minuten.«
Professor Gercke schüttelte den Kopf. »Nicht ohne meine Anwesenheit. Ihr könnt gerne nächste Woche kommen, wenn ich da bin.«
Marie runzelte die Stirn und setzte zum Sprechen an.
Sophie kam ihr zuvor. »Lasst uns telefonieren und einen Termin ausmachen, okay?«
Die drei !!! tauschten einen kurzen Blick. Es war offensichtlich, dass die Studentinnen keinen Ärger mit ihrem Professor haben wollten.
Franzi nahm ihre Jacke und ihren Rucksack. »Alles klar. Kommt, wir gehen.«
Kim und Marie schnappten sich ebenfalls ihre Sachen und verabschiedeten sich von den Studentinnen.
»Ich ruf dich an«, sagte Meri zu Franzi und klopfte ihr auf die Schulter. »Tut mir leid, dass das jetzt so gelaufen ist.«
Franzi schüttelte den Kopf. »Das ist doch kein Problem. Bis bald!«
»Nichts für ungut«, sagte Professor Gercke, nachdem die schwere Schlosstür hinter ihnen zugeschlagen war. »Ich finde es wirklich sehr schön, dass ihr euch für Bibliotheken interessiert. Aber die Bestimmungen der Versicherungen sind streng. Ich möchte meinen Ruf nicht aufs Spiel setzen.«

Die drei Freundinnen liefen mit dem Professor bis zum Ende der Steinbrücke. Dort verabschiedete sich der Mann von ihnen und nahm mit schnellen Schritten den Weg zum Westtor.

Franzi zwinkerte. »Sollen wir noch mal zurück ins Schloss?«

»Lieber nicht«, meinte Kim. »Ich will nicht, dass Meri und Sophie wegen uns Ärger kriegen.«

Marie tippte auf ihre Armbanduhr. »Außerdem haben wir gar nicht mehr so viel Zeit. Lasst uns zu mir nach Hause gehen.«

»Na gut«, antwortete Franzi sofort. »Ich freue mich schon total auf den Babysitterabend. Dein kleiner Bruder ist so was von süß.«

Marie nickte. »Das ist er wirklich. Aber ich warne euch: Finn wird versuchen, uns um den Finger zu wickeln, um ewig wach bleiben zu dürfen.«

»Das macht doch nichts«, meinte Kim. »Dann schlagen wir uns eben die Nacht um die Ohren. Morgen können wir schließlich ausschlafen.«

Die Mädchen liefen durch die einsetzende Dämmerung in Richtung Osttor.

Franzi seufzte. »Schade, dass wir nur so ein kurzes Stück von den Geheimgängen sehen konnten.«

Kim seufzte ebenfalls. »Ehrlich gesagt, finde ich das gar nicht so schlimm. Diese Gänge sind schon verdammt eng.« Sie rückte ihre Tasche zurecht. »Aber die Geschichte mit der Wunderkammer fand ich spannend. Ich würde gerne mal einen Blick in dieses Tagebuch werfen.«

»Hoffentlich meldet sich Meri bald«, stimmte Franzi zu. »Vielleicht ist es ja tatsächlich in einer der Kisten, die an den Restaurator geschickt wurden.«

»Wittert ihr etwa einen neuen Fall?« Marie grinste und flötete: »*Die drei !!! auf der Suche nach der geheimen Wunderkammer.* Warum nicht?!«
Kim zuckte mit den Schultern. »Mach dich nur lustig. Ich find's spannend.«
Sie bogen in die Allee ein, die ins Ostviertel führte, in dem Marie wohnte.
Plötzlich blieb Marie stehen und sah durch die schmiedeeisernen Stäbe des Zauns, der das Grundstück der Villa neben ihr umgab. »Was war das?« Sie deutete in den hinteren Gartenbereich, in dem sich die schwarzen Silhouetten von mehreren mächtigen Tannen erhoben. »Da hat was geleuchtet.«
Franzi reckte den Hals. »Ich sehe nichts.«
»Doch«, beharrte Marie. »Da war ein blaues Leuchten.«
Franzi kniff die Augen zusammen und sah angestrengt in Richtung der Tannen. Ihre Äste bewegten sich sacht im Wind. »Vielleicht ein Wetterleuchten? Es fängt bestimmt gleich an zu regnen.«
»Ich weiß nicht«, sagte Marie zögernd.
Im nächsten Moment riss Franzi die Augen auf. Ein blaues Schimmern war zwischen den Tannen aufgetaucht. Es nahm an Stärke zu, schien auf und ab zu schweben und zitterte unruhig. Und dann blieb Franzi der Mund offen stehen. Im Zentrum des blauen Leuchtens tauchte eine kleine weiße Gestalt auf: ein steigendes Pferd, dessen lange Mähne wild im Wind flatterte. Franzi schluckte. Mitten auf der Stirn des Tieres prangte ein langes, silbern glänzendes Horn.
Mit einem Schlag erlosch das Licht und die Gestalt wurde von der Dunkelheit verschluckt.

Franzi schüttelte den Kopf. »Leute, ich hab Halluzinationen«, presste sie hervor.
Marie fasste sie am Arm. »Hast du etwa auch ein ...«
»... *Einhorn* gesehen?«, ergänzte Kim.
Marie lachte hysterisch auf. »Das kann ja wohl nicht wahr sein.«
In der nächsten Sekunde hörten sie einen schrillen Schrei.

Der Geist des Einhorns

»Das kam aus dem Haus!«, rief Franzi und rannte zur Einfahrt des Anwesens vor. Marie und Kim folgten ihr schnell.
Ein weiterer Schrei erklang. Franzi rüttelte an den schmiedeeisernen Stäben des Tors. Es war verschlossen.
Sie konnte sehen, dass die Terrasse, die sich bis an die Seite des Hauses zog, nun hell erleuchtet war. Eine zierliche ältere Frau mit langen grauen Haaren stand dort und starrte verängstigt in den Garten. Eine zweite, etwas kräftigere Frau mit Hochsteckfrisur lief auf sie zu und legte einen Arm um sie. Der Wind bauschte ihre weite Kleidung, während sie beruhigend auf die zierliche Frau einsprach.
»Brauchen Sie Hilfe?«, rief Marie laut.
Die alten Damen sahen überrascht zu den Mädchen.
»Nein!«, rief die Frau mit den hochgesteckten Haaren zurück. »Meine Schwester hat sich nur sehr erschrocken.«
Im nächsten Moment kam ein Mann aus der Villa nebenan gerannt. Wütend begann er zu schimpfen: »Solche Nachbarn wünscht man nicht mal seinem ärgsten Feind. Keine Minute hat man Ruhe, seit Sie hier wohnen!« Der Mann raufte sich die kurzen schwarzen Haare und sah die drei !!! durch seine markante Hornbrille erbost an. »Was macht ihr hier?«, fragte er, wartete jedoch keine Antwort ab, sondern meckerte weiter: »Jeden Tag dieses Klangschalen-Gedöns, die Musik, der Singsang. Kommt jetzt noch Urschrei-Therapie dazu, oder was?« Er schob sich die Brille mit einer fahrigen Bewegung auf der Nase hoch. »Wie soll ich in Ruhe schreiben? Wenn

Sie tatsächlich eine Esoterik-Bude aus der Villa machen, schalte ich meinen Anwalt ein!«, schrie er, machte auf dem Absatz kehrt und verschwand in seinem Haus.

Kim starrte dem Mann mit offenem Mund hinterher. »Unfassbar!«, sagte Marie. »Er hat noch nicht mal gefragt, ob jemandem was passiert ist.«

Kim schnappte nach Luft. »Das gibt's doch nicht. Das war Jens-Dieter Rohloff.«

»Wer?« Franzi sah ihre Freundin verständnislos an.

»Jens-Dieter Rohloff«, wiederholte Kim. »Der berühmte Fantasy-Autor. Seine Bücher sind seit Monaten ganz oben auf der Bestsellerliste.« Sie schüttelte verdattert den Kopf. »Ich wusste nicht, dass er in unserer Stadt wohnt. Aber er ist es, eindeutig. Sein Foto ist hinten auf einem Buch, das mir David geliehen hat.«

»Was für ein unangenehmer Typ«, zischte Marie.

»Aber seine Romane sind super«, sagte Kim. »Sie sind bekannt für ihre Botschaften vom toleranten und friedlichen Zusammenleben von Aliens und Menschen.«

»Dann sollte er seine Bücher wohl selber noch mal lesen.« Franzi stellte sich auf die Zehenspitzen und sah zur Terrasse.

Die beiden Schwestern standen immer noch dort und hielten sich fest umarmt.

Marie winkte ihnen zu. »Können wir Ihnen wirklich nicht helfen?«

Die Frau mit den hochgesteckten Haaren winkte zurück. »Nein«, rief sie, zögerte dann aber und zog schließlich die andere Frau sanft mit sich in Richtung der Mädchen.

»Das ist sehr freundlich von euch«, meinte sie, als sie beim

Tor angekommen waren. »Vielen Dank. Wir kommen zurecht.«

Die andere Frau begann zu zittern. »Jetzt ist er gekommen. Er will sich rächen.«

»Sag doch so etwas nicht, Isolde!« Die Frau sah ihre Schwester ernst an.

Marie strich sich eine Haarsträhne aus dem Gesicht. »Wie meinen Sie das? Haben Sie mit dem Mann schon länger Streit? Warum will er sich rächen?«

»Nicht der Mann«, flüsterte Isolde. »Der Geist. Der Geist des Einhorns.«

Die Detektivinnen blickten sich sprachlos an.

»Isolde«, sagte ihre Schwester sanft. »Deine Nerven sind überspannt. Das war ein Wetterleuchten.«

»Wir haben aber auch ein ... also ... etwas gesehen, das ... starke Ähnlichkeit mit einem Einhorn hatte«, stammelte Franzi.

Isolde fing stärker an zu zittern. »Siehst du, Anita! Ich will sofort ins Haus zurück.«

Kim umklammerte die schmiedeeisernen Stäbe des Zauns. »Bitte warten Sie einen Moment.« Sie sah auf das Schild unter der Klingel neben dem Tor. »Sie sind Anita und Isolde Schneider?«

Die Frauen nickten.

»Meine Freundinnen und ich, wir könnten Ihnen helfen«, schlug Kim mit ruhiger Stimme vor. »Lassen Sie uns in Ihrem Garten nachsehen!«

»Das hat keinen Sinn«, sagte Isolde Schneider leise. »Es ist gekommen. Es wird bleiben. Und wir müssen gehen.«

»Meine Schwester ist etwas durcheinander.« Anita Schnei-

der lächelte die drei !!! an. »Die plötzliche Erbschaft und der Umzug hierher in die Villa unseres Onkels, die neuen Pläne. Das alles zehrt sehr an ihr.«
Kim hakte nach: »Sie wohnen also noch nicht lange hier?«
»Richtig. Onkel Eduard ist vor einem Vierteljahr überraschend gestorben und wir haben das Anwesen von ihm geerbt.« Anita Schneider umfasste ihre Schwester fester. »Wir sind Eduard sehr dankbar. Die Erbschaft ermöglicht es uns, einen Lebenstraum zu verwirklichen. Wir werden die Villa umbauen lassen und ein spirituelles Begegnungszentrum einrichten. Isolde wird Aura-Malkurse geben und ich eine Praxis für Klangschalen-Therapie eröffnen. Darüber hinaus wollen wir Zimmer an Gleichgesinnte vermieten und Seminare zur Selbsterfahrung anbieten.«
Franzi zupfte an einem ihrer kurzen Zöpfe. »Ihr Nachbar scheint darüber nicht gerade glücklich zu sein.«
»Nun.« Anita Schneider seufzte. »Ich denke, Herr Rohloff ist gerade im Stress. Er muss nächste Woche sein Manuskript an den Verlag abliefern. Wir hatten ihn bisher eigentlich als nett und zuvorkommend erlebt.«
»Es war alles so traumhaft«, schaltete sich plötzlich Isolde ein. »Die Villa hatte eine wundervolle Aura. Ich habe alle Räume mit der Wünschelrute getestet, die Energieströme flossen kraftvoll und positiv.« Sie schluchzte. »Aber letzte Woche fing es an. Immer abends. Im Garten. Dann kamen die Töne und das geisterhafte Leuchten. Und heute ist es gekommen. Das Einhorn. Es ist tatsächlich gekommen!« Sie klammerte sich an ihre Schwester. »Bitte, ich muss ins Haus und ein paar Räucherstäbchen zur Reinigung entzünden.«

Anita Schneider sah die drei !!! entschuldigend an. »Wir ziehen uns jetzt besser zurück.«
Kim gab Marie eilig ein Zeichen und ihre Freundin zog eine der Visitenkarten ihres Detektivclubs aus der Tasche.
Sie reichte Anita Schneider die Karte zwischen den Zaunstreben durch. »Bitte melden Sie sich bei uns. Wir möchten Ihnen wirklich gerne helfen.«
Die alte Dame las im Licht der Straßenlaterne.

»Ihr seid Detektivinnen?«, fragte sie erstaunt. »Das finde ich beachtlich. Ihr seid noch so jung.«
Kim straffte die Schultern. »Das stimmt. Aber wir haben bereits über siebzig Fälle gelöst. Und unsere Erfahrung hat uns gezeigt, dass hinter scheinbar übersinnlichen Vorkommnissen immer die Machenschaften von Menschen aus Fleisch und Blut stecken.«
Anita Schneider schluckte. »Wie du meinst«, sagte sie leise.
Plötzlich sah sie irritiert an den drei !!! vorbei. »Bertram!«
Franzi wandte sich erschrocken um. Sie hatte gar nicht bemerkt, dass jemand neben ihnen stand.

Es war ein alter Herr mit einem Kranz aus schlohweißen Haaren. Er trug einen schwarz-weiß gestreiften Morgenmantel, Gesundheitsschuhe und stützte sich auf zwei Gehstöcke. »Anita, Isolde«, keuchte er. »Ich habe einen Schrei gehört und mich sofort auf den Weg gemacht. Nach meiner Hüft-OP dauert leider alles etwas länger.« Er atmete tief ein und sah die drei !!! misstrauisch an. »Was ist passiert? Was wollt *ihr* hier?«

Anita Schneider machte eine beruhigende Handbewegung. »Sie wollten uns helfen, Bertram. Die Mädchen haben Isoldes Schrei ebenfalls gehört.«

Der alte Mann lehnte sich gegen den Zaun und sah Isolde besorgt an. »Was ist geschehen?«

Sie legte den Kopf in den Nacken und sah zum Himmel. Ihre Augenlider flatterten. »Es ist gekommen«, wisperte sie.

»Wie bitte?«

»Das Einhorn war da.«

Bertram umfasste seine Krücken fester. »Das Einhorn?«, wiederholte er tonlos.

Isolde nickte unmerklich. »Die Legende! Die Prophezeiung erfüllt sich.« Sie klammerte sich an ihrer Schwester fest. »Ich muss mich hinlegen, bitte.«

Anita nickte. »Ich bringe Isolde rein, bevor sie noch ohnmächtig wird.«

»Kommt jederzeit zu mir rüber, wenn ihr etwas braucht«, sagte Bertram.

Anita lächelte müde. »Danke.« Sie wandte sich ab und lief mit ihrer Schwester auf die Villa zu.

»Bitte melden Sie sich auch bei uns!«, rief Marie.

Doch Anita und Isolde Schneider schienen sie nicht mehr zu hören. Ratlos sahen die drei !!! zu, wie die Frauen langsam zur Terrasse der Villa zurückgingen.
»Die *Legende*«, flüsterte Bertram und wandte sich ebenfalls zum Gehen. »Einen schönen Abend noch, ihr Mädchen. Danke, dass ihr so aufmerksam wart und euch um Anita und Isolde gekümmert habt.«
»Das war doch selbstverständlich«, antwortete Kim. »Wir würden den beiden auch gerne noch mehr helfen. Das mit dem Einhorn ist doch sehr merkwürdig …«
»Wissen Sie, was Isolde Schneider mit dieser *Legende* gemeint hat?«, fragte Franzi dazwischen.
»Ich habe keine Ahnung.« Der alte Mann runzelte die Stirn. »Isolde war schon immer etwas abergläubisch und furchtsam. Ich könnte mir vorstellen, dass sie sich an eines der Märchen erinnert hat, die ihr Onkel Eduard gerne erzählte.« Für einen kurzen Moment überschattete Wehmut das Gesicht des Mannes. »Mein guter alter Freund Eduard und seine abenteuerlichen Geschichten.«
»Wir haben das Einhorn aber auch gesehen«, platzte Marie heraus.
»Da habt ihr euch von Isoldes Fantasie ja schnell anstecken lassen.« Bertram sah die Mädchen prüfend an. »Bitte entschuldigt mich. Meine Hüfte schmerzt, ich muss mich etwas ausruhen. Einen schönen Abend!« Er winkte und schlurfte davon.
Die drei !!! sahen ihm schweigend nach, bis er die Einfahrt der Nachbarvilla erreicht und das Tor hinter sich zugeschlagen hatte.

Franzi blinzelte verwirrt. »Wir haben die Gestalt doch gesehen, noch *bevor* wir mit Isolde Schneider gesprochen haben. Sie kann uns nicht beeinflusst haben.«
»Genau.« Marie biss sich auf die Lippe. »Da war ganz bestimmt ein Einhorn.«
»Zumindest etwas, das wie ein Einhorn ausgesehen hat«, verbesserte Kim sie. »Einhörner sind Fabelgestalten, die gibt's nicht wirklich.«
Marie kniff die Augen zusammen. »Und was, wenn doch?«
Kim stöhnte. »Marie, das ist unmöglich.«
»Aber irgendetwas *Einhornartiges* war da!«, rief Franzi. »Lasst uns nachsehen, ob es Spuren hinterlassen hat.«
Kim tippte gegen das verschlossene Tor. »Wir kommen nicht in den Garten rein.«
»Wir können außen rumgehen und versuchen, vom hinteren Teil aus reinzusehen.« Franzi lief schnell ein Stück am Zaun weiter und bog in die schmale Straße ein, die zwischen den Grundstücken des Schriftstellers und der Schwestern lag. Kim folgte ihr.
Marie rief ihnen etwas hinterher, aber Franzi kümmerte sich nicht darum. Neugierig lief sie weiter.
Statt eines schmiedeeisernen Zauns begrenzten mannshohe Steinmauern die Seiten der Anwesen. Dichte Efeuranken wucherten über sie hinweg.
Als Franzi die Rückseite des Gartens erreicht hatte, musste sie enttäuscht feststellen, dass auch hier eine hohe Mauer die Villa nach außen hin abschirmte. Es gab nur ein schmales Tor mit einem kleinen, vergitterten Fenster darin.
»Ich hab doch gesagt, dass das sinnlos ist«, sagte Marie leise,

nachdem sie ihre Freundinnen eingeholt hatte. »Die Häuser sind zum Uferweg alle mit Mauern gesichert.«

»Mist!« Kim lief zu dem Tor und drückte die Klinke vorsichtig herunter. Nichts tat sich. »Natürlich – abgeschlossen«, murmelte sie.

Marie blickte nervös um sich. »Wenn uns jemand sieht, denkt er sofort, dass wir einbrechen wollen.«

»Ach was«, flüsterte Kim. Sie warf einen Blick durch das kleine Fenster im Tor, zog sich aber schnell wieder zurück. »Es ist viel zu dunkel. Man kann überhaupt nichts sehen.«

»Wir kommen morgen noch mal her und reden mit Anita und Isolde Schneider«, schlug Marie vor. »Vielleicht lassen sie uns im Garten nachsehen.« Sie schaute auf ihre Armbanduhr und zuckte zusammen. »Leute, wir müssen sofort los! Ich habe Tessa und Papa versprochen, dass wir Finn um halb sieben übernehmen. Die beiden müssen pünktlich zum Dreh.«

»Zur Not ist doch Lina da und kann auf Finn aufpassen, bis wir kommen«, sagte Franzi.

Marie schüttelte den Kopf. »Die ist übers Wochenende mit ihrer Klettergruppe weggefahren.«

Ein leises Wimmern

Die Mädchen joggten sofort los und hatten nach rekordverdächtigen drei Minuten die alte Villa erreicht, in der Marie mit ihrer Familie lebte.
Auf dem hell erleuchteten Vorplatz mit dem kleinen Springbrunnen aus Marmor war eine dunkle Limousine geparkt, in der eine Frau am Steuer saß und nervös mit den Daumen aufs Lenkrad trommelte. Neben dem Auto stand Maries Vater. Er tippte mit angespanntem Gesichtsausdruck auf seinem Smartphone.
Aus Maries Matchbeutel erklang ein Klingeln. »Wir sind schon da, Papa!«, rief sie laut und winkte.
Herr Grevenbroich hob den Kopf. »Prinzessin!«, sagte er erleichtert und drückte die Verbindung weg. »Ich hatte schon befürchtet, dass ihr den Babysitterabend vergessen habt.«
»Natürlich nicht«, meinte Marie. »Aber wir haben ein Einhorn gesehen.«
Maries Vater lächelte. »Guter Witz, Marie.« Er lief zur offen stehenden Eingangstür der Villa. »Tessa!«, rief er in die Empfangshalle. »Wir können. Die Mädels sind da.«
»Echt«, versuchte Marie es erneut. »Da war ein weißes Einhorn im Garten und ...« Sie verstummte, als sie merkte, dass ihr Vater sie gar nicht mehr hören konnte. Er war in der Villa verschwunden.
Franzi schüttelte den Kopf. »Vergiss es.«
Die Mädchen betraten ebenfalls die Villa und gingen im Flur einer aufgeregten Stimme nach.

»Warum muss das ausgerechnet heute wieder mit dem Abschnullern sein?«, hörte Franzi Herrn Grevenbroich fragen.
Sie sah Marie irritiert an. »Um was geht's?«
Ihre Freundin verzog das Gesicht. »Finn versucht seit zwei Wochen, sich den Schnuller abzugewöhnen. Tagsüber klappt das super. Aber nachts nicht.«
»Sein bester Freund Benni schläft seit vier Wochen ohne«, sagte Tessa gerade, als die Mädchen in die große Wohnküche kamen. »Finn will es jetzt auch unbedingt schaffen. Er hat seinen Schnuller vorhin im Sandkasten vergraben.«
Marie seufzte. »Das gibt eine unruhige Nacht.«
Tessa drehte sich überrascht um und begrüßte die Mädchen hastig. »Ich hab für den Notfall vorgesorgt«, erklärte sie. Sie öffnete einen der oberen Küchenschränke und holte einen neuen Schnuller heraus. »Finn ist vorhin gleich eingeschlafen, weil er völlig erschöpft war von der langen Wanderung mit dem Waldkindergarten. Falls er aufwacht und seinen Schnuller sucht, gibst du ihm einfach den hier, in Ordnung?«
Marie lächelte dankbar. »So machen wir es.«
Tessa griff erneut in den Küchenschrank. »Und wenn es gut läuft, spiele ich die Schnullerfee. Dann findet er das hier morgen im Sandkasten.« In ihrer Hand hielt sie ein kleines knallrotes Feuerwehrauto.
Herr Grevenbroich nickte. »Dann wäre das ja geklärt. Komm! Die Fahrerin wartet.«
Tessa schnappte sich ihre Jacke, lächelte Kim und Franzi zu und gab Marie einen Kuss auf die Wange. »Das Babyfon steht im Esszimmer auf dem Tisch.«
»Der übrigens für euch gedeckt ist«, ergänzte Herr Greven-

broich. »Im Ofen ist Auberginenauflauf und im Kühlschrank findet ihr Cola und Vanillepudding mit Himbeeren.«

»Das ist total lieb, danke.« Marie fiel ihrem Vater um den Hals. »Toi, toi, toi für den Dreh.«

Herr Grevenbroich lächelte und seine blauen Augen strahlten. »Mit Tessa als Kamerafrau kann nichts schiefgehen.«

Franzi und Kim wünschten ebenfalls viel Glück und verabschiedeten sich von Tessa und Maries Vater.

Fünf Minuten später saßen die drei !!! an dem großen runden Tisch im Esszimmer der Grevenbroichs.

Franzi ließ ihren Blick über die blütenweiße Tischdecke, das glänzende Silberbesteck, die bunt gemusterten Teller, den schönen Kerzenständer und den Korb mit knusprigen Weißbrotschnitten schweifen. »Das ist wirklich eine nette Überraschung von deinem Vater.« Franzi nahm einen Bissen vom Auberginenauflauf und kaute genüsslich. »Er ist echt ein Spitzenkoch!«

»Absolut«, stimmte Kim mit vollen Backen zu. »So macht Babysitting Spaß. Das können wir öfter machen.«

»Wer weiß«, sagte Marie. »Es ist gut möglich, dass Tessa und Helmut uns in der nächsten Zeit häufiger brauchen. Sie konnten sich immer noch nicht für ein neues Au-pair entscheiden, und jetzt kam dieses Angebot rein, bei dem mein Vater die Hauptrolle spielt und Tessa als Kamerafrau eingestellt wurde.« Marie nahm einen Schluck Cola. »Bisher konnten sich die beiden gut bei ihren Terminen absprechen. Aber jetzt arbeiten sie am selben Set. Das wird kompliziert.«

Kim legte Messer und Gabel auf ihrem Teller ab. »Wie gesagt – ich stehe gerne zur Verfügung.«

Marie schaufelte eine Portion aus der Auflaufform heraus und hielt die Kelle über Kims Teller. »Nachschlag gefällig?«
»Sehr gerne.«
»Mal sehen, wie der Abend verläuft«, sagte Marie, während sie Kims Teller belud. Sie warf einen prüfenden Blick auf die Station des Babyfons. »Hoffentlich bleibt es so ruhig.«
Franzi tupfte Tomatensoße mit einem Stück Weißbrot von ihrem Teller. »Wir sollten die Zeit nutzen, um das weitere Vorgehen in der Einhorn-Sache zu besprechen.«
»Stimmt.« Marie ließ die Kelle in die Auflaufform zurückgleiten. »Vor lauter Schnullerproblemen und Auflaufglück habe ich das Einhorn ganz verdrängt.« Sie schluckte. »Ehrlich gesagt finde ich das Ganze sehr unheimlich.«
Kim stocherte auf ihrem Teller herum. »Ich hoffe, du glaubst nicht wirklich, dass das ein echtes Einhorn war.«
»Aber wir drei und die beiden alten Damen haben es doch mit eigenen Augen gesehen«, warf Marie ein.
»Ich habe sogar ein leises Wiehern gehört«, ergänzte Franzi.
Auf Kims Stirn erschien eine steile Falte. »Woher willst du eigentlich wissen, dass Einhörner wiehern?«
»Das sind doch quasi Pferde!«, rief Marie. »Nur mit Horn.«
»Stimmt«, murmelte Kim. »Und deshalb glaube ich, dass wir kein Einhorn gesehen haben, sondern ein kleines Pferd oder ein Pony, dem jemand ein künstliches Horn an die Stirn gebunden hat.«
»Aber warum sollte jemand so etwas machen?«, fragte Marie.
Kim wischte sich mit der Serviette den Mund ab. »Wir haben bald Halloween. Vielleicht hat sich jemand einen vorgezogenen Scherz erlaubt?«

»Das könnte sein.« Franzi griff nach ihrem Glas. »So etwas bei zwei älteren Damen zu machen, ist allerdings nicht gerade die feine Art. Die beiden waren ja komplett durch den Wind.«
Marie räusperte sich. »Ihr glaubt also nicht, dass es ein echtes Einhorn war.«
Franzi und Kim schüttelten schweigend die Köpfe.
»Aber Isolde Schneider hat etwas von einer Legende und einer Prophezeiung gemurmelt. Dass sie sich erfüllt hat ...« Marie verstummte und lauschte.
Ein leises, lang gezogenes Wimmern wehte durch den Raum.
Franzi spürte, wie ihr eine Gänsehaut den Rücken hinaufkroch. Dann begriff sie, woher das Geräusch kam. Es war das Babyfon.
Marie drückte schnell die Sprechtaste: »Finni-Maus, was ist denn los?«
Das Wimmern verstummte. Etwas raschelte, dann erklang Finns verzweifelte Stimme: »Wo is Ulli?«
»Was will er?«, fragte Franzi verständnislos.
»Er meint seinen *Schnulli*«, erklärte Marie leise, um gleich darauf wieder ins Babyfon zu sprechen: »Ich komm zu dir rauf.«
»Ist gut«, piepste Finn.
Marie stand auf und verdrehte die Augen. »Das war ja fast klar. Ich hole den Ersatzschnuller.«
Franzi folgte Marie in die Küche. »Vielleicht reicht es, wenn wir Finn ein bisschen ablenken. Womöglich vergisst er Ulli dann.«
Marie lachte. »Das hat die letzten Male auch nicht geklappt.« Sie sah angestrengt in den Küchenschrank. »Wo ist das Ding?«

Franzi blickte Marie über die Schulter. Zwischen zwei Stapeln mit Tellern stand das kleine Feuerwehrauto. Den Schnuller konnte sie nicht entdecken.

»Das gibt's doch nicht!«, rief Marie. Sie nahm das Feuerwehrauto aus dem Schrank und sah dahinter nach. »Er ist weg.«

Kim betrat die Küche und zu dritt durchsuchten sie schnell den gesamten Raum. Der Schnuller ließ sich nicht finden.

»Ich fürchte, Tessa hat ihn in der Hektik aus Versehen eingesteckt«, murmelte Marie. »Schöner Mist.«

»Das ist ein Wink des Schicksals«, sagte Franzi. »Kommt, wir reden mit Finn. Das ist heute die Chance, ihn von der Schnullersucht wegzubekommen.«

Marie sah Franzi zweifelnd an.

»Auf geht's!«, rief Franzi, schnappte sich das Feuerwehrauto und lief aus der Küche.

Finn war aus seinem Bett geklettert und hatte Kissen, Decken und Schmusetiere auf den Boden geworfen. Im Schein der Nachtleuchte wühlte er dazwischen herum. Als die Mädchen das Zimmer betraten, drehte er sich um und wirkte im ersten Moment überrascht. Dann riss er seine Arme hoch und rief begeistert: »Kim und Franzi!«

Marie lächelte schief. »Schön, dass du dich über die beiden so freust. Und was ist mit mir, junger Mann?« Sie bückte sich und nahm ihren kleinen Halbbruder auf den Arm.

Finn kuschelte seinen Kopf an ihren Hals. »Du bist auch lieb«, murmelte er. »Du findest Ulli, oder?«

Marie strich Finn über das zerzauste Haar. »Du wolltest ihn doch gar nicht mehr. Weißt du nicht mehr, was du mit ihm gemacht hast?«

In Finns Augen sammelten sich Tränen. »Ich brauche ihn aber«, presste er hervor.
Marie wiegte Finn sanft hin und her. Sie sah Franzi und Kim hilflos an.
Franzi hielt dem kleinen Jungen das Feuerwehrauto hin. »Schau mal, das ist *Bulli.*«
Leise schluchzend sah Finn von Franzi zu dem Auto und wieder zu Franzi zurück.
»Bulli ist viel besser als Ulli«, fuhr Franzi fort. »Der ist was für echte Kerle.« Sie betrachtete vergnügt das Feuerwehrauto und entdeckte einen kleinen Knopf auf der Unterseite. »Hammer, ich glaube, der hat sogar Sound.«
»Bitte nicht«, warnte Marie, aber es war schon zu spät. Franzi hatte den Knopf gedrückt. Das kleine Blaulicht auf dem Dach des Autos begann zu blinken, eine Sekunde später setzte ohrenbetäubendes Sirenengeheul ein.
Finn hörte auf zu schluchzen. Dafür erschien ein breites Lächeln auf seinem Gesicht. Fasziniert starrte er auf das Feuerwehrauto. Schließlich streckte er die Hand danach aus und rief begeistert: »Bulli!«
Franzi überließ Finn das Spielzeug.
Marie setzte ihren kleinen Bruder wieder ab, und er begann sofort, das Auto auf dem Boden hin- und herzuschieben.
»Super Idee«, zischte Marie. Sie stemmte die Arme in die Seiten. »Wie bringen wir ihn jetzt dazu, die Sirene wieder abzustellen?«
Franzi überlegte nicht lange. Sie formte mit ihren Händen einen Trichter. »Achtung, Achtung!«, rief sie. »Hier kommt eine Durchsage vom Hauptmann der Feuerwehr.«

Finn hielt inne und sah gespannt zu Franzi hoch.

»Wir hatten einen Fehlalarm. Bitte die Sirene ausschalten und den Wagen in die Garage bringen. Es gibt für alle Vanillepudding mit Himbeeren.«

Kim schüttelte den Kopf. »Du bist unmöglich, Franzi.«

Finn fand schon nach kurzer Zeit den Knopf zum Abstellen des Tons. »Wo ist die Garage?«, fragte er. »Und wo ist der Pudding?«

Franzi überlegte nicht lange. »Beides unten im Wohnzimmer.« Sie stieß Marie unauffällig an. »Siehst du? Er hat den Schnuller vergessen.«

Marie seufzte. »Dafür schläft er die nächsten Stunden nicht.«

»Das hätte er ohne Nuckel ohnehin nicht getan«, sagte Franzi ungerührt. »Jetzt weint er wenigstens nicht.«

»Stimmt auch wieder«, gab Marie zu. »Also los. Auf zur Garage und zum Pudding. Machen wir's uns gemütlich.«

Blutrote Hände

Am nächsten Morgen schob Tessa Finn in seinem Hochstuhl näher an den Tisch heran und strich ihm über den Kopf. Dabei sah sie die drei !!! dankbar an. »Ihr habt das letzte Nacht wirklich toll gemacht. Es tut mir so leid, dass ich den Schnuller eingesteckt hab. Ich weiß nicht, wie das passieren konnte.«

»Alles halb so wild«, sagte Marie und nahm sich ein Croissant aus dem Brotkorb. »Du warst eben im Stress.«

Herr Grevenbroich reichte Marie das Schälchen mit Kirschmarmelade. »Ich finde es auch beachtlich, wie ihr die Situation gemeistert habt. Es war schön, Finn ohne Schnuller so entspannt schlafen zu sehen.«

Tessa hüstelte. »Wenngleich das Ganze etwas unkonventionell gelaufen ist.«

Marie strich Marmelade auf ihr Croissant und biss herzhaft hinein. »Franzis Idee mit der *Garage für Bulli* war doch genial«, nuschelte sie und zwinkerte ihren Freundinnen zu.

Franzi löffelte schweigend ihr Müsli weiter. Ihr war die Situation, die sich in der vergangenen Nacht ergeben hatte, immer noch etwas peinlich. Tessa und Maries Vater waren weit nach Mitternacht vom Dreh heimgekommen und hatten sie, Kim und Marie schlafend auf der Sofalandschaft vor dem Fernseher vorgefunden. Zuerst hatte sich Tessa furchtbar aufgeregt, weil Finn nicht in seinem Bett war. Dann hatte sie ihn jedoch unter dem Couchtisch entdeckt, wo er selig in einem Kissennest unter einer Decke geschlummert und das Feuerwehrauto umklammert gehalten hatte.

»Das mit dem Pudding war schon blöd«, murmelte Franzi. »Den hätten wir lieber nicht auf dem Sofa essen sollen. Dann hätte Finn nicht alles vollgekleckert.« Sie strich sich eine Haarsträhne hinters Ohr und sah Tessa geknickt an.

»Mach dir keine Gedanken.« Tessa winkte ab. »Das kriegen wir schon wieder hin.« Sie schälte eine Banane und reicht sie Finn. »Hauptsache, der kleine Mann ist gut in der *Garage* eingeschlafen.«

»Mit Bulli!«, rief Finn glücklich und packte mit beiden Händen nach dem Obststück. Kichernd hielt er sich die Banane an die Stirn. »Ich bin ein Einhorn!«

Tessa lachte. »Dir fällt auch immer neuer Blödsinn ein.«

Franzi sah Finn überrascht an. Sie hatte nicht erwartet, dass der Kleine am Abend doch so viel von ihrer Unterhaltung mitbekommen hatte. Er war bloß einmal unter dem Couchtisch hervorgekommen, hatte einen Blick auf den Laptop geworfen, auf dem Kim gerade eine Seite mit Informationen über Einhörner aufgerufen hatte, dann war er wieder mit seinem Feuerwehrauto abgetaucht.

»Das ist das Stichwort«, sagte Marie. »Wir wollen gleich mit zwei alten Damen sprechen. In ihrem Garten ist gestern ein Einhorn erschienen.«

Tessa verschluckte sich an ihrem Tee und fing an zu husten. »Wie bitte?«, röchelte sie.

Finn ließ die Banane auf den Tisch fallen und patschte seiner Mutter die Hand auf den Rücken.

»Danke, Schatz«, keuchte Tessa. Sie schnappte nach Luft. »Das ist ein Scherz.«

»Nein«, sagte Kim. »Beziehungsweise: ja. Es ist wahrscheinlich ein dummer Halloween-Scherz, den jemand gemacht hat. Wir wollen herausfinden, wer es war, und demjenigen die Meinung geigen. Die Damen haben sich nämlich sehr erschrocken.«

»Du wolltest mir gestern schon davon erzählen, Marie, richtig?« Herr Grevenbroich löffelte Zucker in seinen Milchkaffee und rührte langsam um. »Ich hab dir gar nicht richtig zugehört. Das tut mir leid.«

Marie pickte einen Krümel von ihrem Teller auf und steckte ihn sich in den Mund. »Macht nichts, ihr wart eben in Eile.«

Herr Grevenbroich schüttelte den Kopf. »Für seine Kinder sollte man sich immer Zeit nehmen, wenn sie einen brauchen.«

»Papa! Mach dir keinen Kopf«, sagte Marie. Sie sah auf die Armbanduhr und dann zu Kim und Franzi. »Apropos Zeit: Wir sollten bald mal los.«

»Alles klar«, stimmte Franzi zu und beeilte sich, ihre Müslischale auszukratzen.

»Wo wohnen diese beiden Frauen denn und wie heißen sie?«, wollte Tessa wissen.

»Hier im Viertel, Anita und Isolde Schneider«, erklärte Marie knapp und ließ das letzte Stück von ihrem Croissant im Mund verschwinden. »Vier Straßen weiter, beim Fluss.«

»Gut.« Die Angabe schien Tessa zu beruhigen. »Aber um eins bist du bitte zum Mittagessen da.«

Marie rollte mit den Augen. »Jaha. Deswegen wollen wir ja auch so schnell los.«

Tessa lächelte. »Lasst einfach alles stehen und liegen.«

Kim und Franzi bedankten sich für das tolle Abendessen und

Frühstück und liefen ins Wohnzimmer, um ihre Übernachtungssachen einzupacken.
Auf der Straße vor der Villa wickelte sich Franzi ihren Schal fester um den Hals. Die Sonne schien von einem wolkenlosen Himmel und der Wind wehte nicht mehr so stark, aber es war empfindlich kühl. Trockenes Laub raschelte unter ihren Füßen, während sie die Allee hinunterliefen. Franzi schlüpfte in beide Riemen ihres Rucksacks und versenkte die Hände tief in den wärmenden Jackentaschen.
Ein Mädchen sauste auf seinem Skateboard an ihnen vorbei. Sofort dachte Franzi an Blake. Ihr Herz machte einen Freudensprung. Blake und sie würden gleich nach dem Mittagessen im Skaterpark trainieren. Franzi auf ihrem Skateboard, ihr Freund in seinem Sportrolli, auf den er seit einem Reitunfall angewiesen war. Blake war vom Chairskating so begeistert, dass er sich sogar zu einem einwöchigen Camp angemeldet hatte und fast täglich übte, um fit dafür zu sein. Franzi grinste in sich hinein. *Chairskating* durfte sie in Blakes Anwesenheit auf gar keinen Fall sagen. Offiziell hieß der Sport nämlich seit geraumer Zeit *Wheelchair Motocross*, oder abgekürzt *WCMX*, was, wie Blake meinte, den Aspekt des krassen Extremsports viel besser rüberbrachte.
»Seht ihr euch heute?«, wollte Kim wissen, die scheinbar Gedanken lesen konnte.
Franzi nickte überglücklich.
»David und ich sind auch verabredet«, erzählte Kim. »Ich freu mich so!«
Marie grinste. »Was für ein Zufall: Und ich treffe mich mit Holger.«

»Es ist wirklich ein Riesenglück, dass jede von uns mit einem tollen Jungen zusammen ist«, stellte Franzi fest und legte die Arme um Kim und Marie. Kichernd und eng aneinandergeschmiegt bogen sie in die nächste Straße ein. Die Einfahrt der Villa von Anita und Isolde Schneider kam in Sicht.
»Hoffentlich haben sich die beiden von dem Schock gestern wieder erholt«, sagte Marie.
»Und hoffentlich wollen sie überhaupt mit uns reden«, meinte Kim. Sie wich einem riesigen Hund mit langem, schneeweißem Fell aus, der an einem Baum schnupperte und mit seinem Hinterteil den halben Weg versperrte.
»Ein wunderschönes Tier!« Franzi lächelte.
Erst, als sie bereits ein paar Schritte weitergelaufen waren, erkannte sie das Herrchen, das auf der andern Seite des Baums stand und ungeduldig mit der Hundeleine in der Hand spielte: Es war der Fantasy-Schriftsteller. Sie grüßten ihn.
Jens-Dieter Rohloff reagierte nicht. Er sah durch die Mädchen hindurch, als seien sie frei wandelnde Glasscheiben, zog an der Leine und sagte: »Weiter geht's, Minni.«
»Echt, unmöglich«, zischte Marie. Sie sah dem Mann wütend hinterher. »Dem würde ich zutrauen, dass er seinen Riesenhund als Einhorn verkleidet.«
Kim blieb der Mund offen stehen. »Jetzt, wo du es sagst ... das könnte möglich sein.«
»Aber wir haben ein Wiehern gehört«, erinnerte Franzi sie. »Das kann wohl kaum der Hund gewesen sein.«
»Vielleicht kam das Geräusch aus einem Lautsprecher«, warf Kim ein. »Wie auch immer, wir sollten den Mann auf dem Schirm behalten.«

In dem Moment, als sie das Tor der Schneider-Villa erreicht hatten, hörten sie hinter sich ein lang gezogenes Quietschen und dann einen Aufschrei.
Franzi wirbelte erschrocken herum. Vor der Nachbarvilla, aus der am vorigen Abend der alte Mann gekommen war, kippte gerade eine junge Frau auf ihrem voll bepackten Fahrrad im Zeitlupentempo zur Seite. Sie versuchte mit aller Kraft, das Rad zu stabilisieren, es gelang ihr jedoch nicht. Sie sprang ab und ihr Rad knallte auf den Asphalt. Mehrere Einkaufstaschen und Tüten rutschten vom Lenker auf die Straße. Eine große Plastiktüte platzte auf. Ihr Inhalt verteilte sich auf dem Gehweg.
Eine Zehntelsekunde später bog ein junger Mann auf dem Rad um die Ecke. Auch er hatte vollgepackte Taschen am Lenker hängen, schaffte es aber, unfallfrei zu bremsen und anzuhalten. »Julia, was machst du?«, rief er, halb erschrocken, halb lachend.
Die junge Frau, die offensichtlich Julia hieß, rannte ein paar davonkullernden Orangen hinterher. »Ich war zu schnell!«
Der junge Mann lehnte sein Rad gegen den Zaun und hob die zerrissene Plastiktasche vom Boden auf.
Die drei !!! überlegten nicht lange. Sie liefen zu Julia und halfen ihr, die Einkäufe aufzulesen.
»Das ist nett von euch, danke«, sagte sie. Zwei hübsche Grübchen bildeten sich auf ihren Wangen, als sie Franzi anlächelte.
Zu fünft hatten sie schnell alles wieder eingesammelt und den größten Teil davon auf die anderen Einkaufstaschen verteilt.
Zweifelnd sah der junge Mann auf die überfüllten Taschen und Tüten, die sie gegen den Zaun gelehnt hatten.

»Habt ihr es denn noch weit?«, fragte Kim, die einen kleinen Sack mit Kartoffeln und einen Tetrapak Tomatensoße vor der Brust balancierte.

Julia schüttelte den Kopf. »Carsten und ich müssen gleich hier rein.« Sie wies mit dem Kinn zur Einfahrt. »Die Einkäufe sind für meinen Großonkel.«

Franzi sah auf das große Namensschild, das neben der Klingel am Tor angebracht war. In goldenen Lettern war der Name *Bertram Breuer* zu lesen.

Im nächsten Moment quiekte Kim auf. »Mist.« Sie zeigte die Innenfläche ihrer rechten, dann ihrer linken Hand. Sie glänzten blutrot.

Entsetzt stellte Franzi fest, dass eine dunkelrote Flüssigkeit auf den Boden neben Kims Füßen tropfte.

»Himmel!«, rief Marie. »Hast du dich verletzt?«

Kim sah unglücklich in die Runde. »Nein. Das ist Tomatensoße. Die Packung muss beim Runterfallen einen Riss bekommen haben.« Sie legte die Kartoffeln und den beschädigten Soßenkarton beim Zaun ab. »Hat jemand was zum Abwischen da?«

Marie fing an, in ihrem Matchbeutel zu kramen. Sie förderte eine Packung Papiertücher zutage.

Kim nahm ein Tuch und rieb sich damit die Hände. »Das klebt«, beschwerte sie sich.

»Kommt doch einfach mit rein«, schlug Julia vor. »Mit Wasser und Seife geht es bestimmt besser.«

Kim nickte dankbar und folgte ihr auf das Anwesen. Franzi, Marie und Carsten ergriffen vorsichtig je eine pralle Einkaufstasche und liefen hinterher.

Nachdem sie die Villa betreten hatten, zeigte Julia Kim das Gästebad und Carsten lief mit Franzi und Marie in die Küche. Sie stellten die Einkäufe auf dem großen Tisch in einer Sitzecke ab.

»Nehmt einfach Platz«, sagte Carsten. »Ich hole die restlichen Sachen.«

Kaum war er zur Tür hinaus, erklang ein schlurfendes Geräusch, das von leisem Klacken begleitet wurde. Der alte Herr vom Vorabend steckte seinen Kopf zur Tür hinein. Er stützte sich ächzend auf seinen Stöcken ab und machte ein überraschtes Gesicht. »Was macht ihr hier? Wo sind Julia und Carsten?« Nervös sah er sich um.

Bevor Franzi und Marie etwas sagen konnten, kam Julia angelaufen.

»Onkel Bertram!«, rief sie. »Es ist alles in Ordnung. Ich hatte nur einen kleinen Unfall beim Transport des Einkaufs. Aber die Mädchen haben uns geholfen.« Sie lächelte Franzi und Marie an.

Bertram Breuer ließ sich langsam auf einem Küchenstuhl nieder und lehnte die Krücken an den Tisch. »Wenn das so ist, dann setzt euch doch. Möchtet ihr Kirschsaft?«

Marie und Franzi nickten und stellten sich vor. Dann rutschten sie auf die Sitzbank.

Julia holte eine große Flasche Saft aus dem Kühlschrank und Gläser aus der Anrichte.

Plötzlich schlug sich Herr Breuer mit der Hand vor die Stirn. »Wir kennen uns von gestern Abend, richtig?«

Julia stellte die Gläser und die Flasche auf den Küchentisch. »Ach, ihr wart auch dabei? Bertram hat uns erzählt, dass Frau

Schneider beinahe einen Nervenzusammenbruch bekommen hat, weil sie meinte, ein Einhorn gesehen zu haben. Ziemlich crazy.«

»Da war aber wirklich etwas im Garten«, sagte Franzi. »Wir haben eine Gestalt gesehen, die aussah wie ein Einhorn, und denken ...«

»Hallo! Der Einkaufsservice kommt!« Carsten betrat die Küche mit zwei Tüten und stellte sie neben dem Tisch ab. Er begrüßte Bertram Breuer mit Handschlag.

»Die Mädchen haben diese Einhornerscheinung bei Schneiders auch gesehen«, sagte Julia zu ihrem Freund. Sie schraubte die Saftflasche auf und schenkte ein.

Carsten blickte mit großen Augen in die Runde. »Vielleicht war ja wirklich eines da?«

Franzi sah den jungen Mann ungläubig an.

Im nächsten Moment lachte er. »Keine Ahnung. Es gibt die seltsamsten Dinge.«

Kim erschien in der Tür, sie steckte sich gerade einen Ring, den sie zum Händewaschen abgenommen hatte, wieder an den Finger.

»Wir reden gerade über das Einhorn«, erklärte Marie.

Kim sah Julia und Carsten überrascht an. »Habt ihr es etwa auch gesehen?«

»Nein, wir waren gestern Abend nicht da.« Julia verteilte die Gläser. »Carsten und ich wohnen nicht hier. Wir helfen meinem Großonkel nur ab und zu, solange er sich mit seiner neuen künstlichen Hüfte nicht gut bewegen kann.«

»Ach so.« Kim nahm das Glas mit Kirschsaft von Julia entgegen. »Vielen Dank.« Sie trank einen Schluck.

»Wir nehmen an, dass jemand eine Art Halloween-Scherz gemacht hat«, sagte Kim. »Mit einem Pony, das als Einhorn verkleidet wurde.«

Carsten runzelte die Stirn. »Wer macht denn so was? Das ist doch absurd. Und auch total aufwendig.«

»Stimmt schon.« Kim zuckte mit den Schultern. »Wir gehen der Sache jedenfalls nach. Wir wollen gleich noch mal mit Isolde und Anita Schneider sprechen und uns im Garten umsehen.«

Bertram Breuer nickte. »Ich hoffe, alles wendet sich zum Guten. Ich glaube, Anita und Isolde haben sich mit ihrem Projekt etwas übernommen und die Nerven liegen jetzt blank. Sie sind schließlich auch nicht mehr die Jüngsten.«

Julia Breuer sah auf ihre Armbanduhr und machte ein strenges Gesicht. »Es ist höchste Zeit für deine Elektrostimulationstherapie, Onkel Bertram. Denk dran, was der Arzt gesagt hat: Du musst täglich die Muskeln aktivieren, damit das mit dem Laufen wieder wird.«

Herr Breuer seufzte, erhob sich schwerfällig und hakte sich bei Julia unter. »Dann muss ich mich wohl entschuldigen.«

Marie räusperte sich. »Nur noch eine kurze Frage. Diese Legende, von der Frau Schneider gestern sprach. Sie können sich gar nicht an die erinnern?«

Bertram Breuer schüttelte bedauernd den Kopf. »Eduard hatte so viele Geschichten parat. Am besten fragt ihr Isolde selbst, was sie gemeint hat.«

»Das machen wir«, sagte Franzi.

Die drei !!! bedankten sich für den Saft und verabschiedeten sich.

»Julia Breuer und ihr Freund sind richtig nett«, stellte Marie fest, nachdem das Einfahrtstor hinter ihnen ins Schloss gefallen war.
»Finde ich auch«, stimmte ihr Franzi zu. »Dass sie sich um den Großonkel kümmern, ist toll.«
Langsam liefen sie die wenigen Meter zur Nachbarvilla.
Franzi drückte auf die bronzene Klingel neben dem Tor. Lang gezogene Gongschläge drangen aus dem Inneren der Villa zu ihnen.
Sonst tat sich nichts.
»Sie sind nicht zu Hause«, mutmaßte Kim.
»Hoffentlich ist ihnen nichts passiert«, murmelte Marie.
Plötzlich öffnete sich ein Fenster im ersten Stock der Villa. Anita Schneider sah heraus. Als sie die drei !!! erkannte, erschien ein Lächeln auf ihrem Gesicht. »Ach, ihr seid es!«
»Wir wollten uns erkundigen, wie es Ihnen und Ihrer Schwester geht!«, rief Kim.
»Das ist aber nett von euch.« Anita Schneider zögerte. »Ich hatte schon überlegt, euch anzurufen. Isolde geht es gar nicht gut. Und mir auch nicht.«
Franzi sah die alte Dame erschrocken an. »Was ist passiert?«
»Etwas Schreckliches!«, rief Frau Schneider ihnen zu. »Wir haben im Garten etwas Schreckliches entdeckt.«

Die Legende des Einhorns

Franzi wurde es eiskalt, dann siedend heiß. »Was ist passiert?«, rief sie zurück.

»Hinten ... im Stamm ... einer Tanne«, stammelte Anita Schneider. »Da ist ein Loch.« Sie fuhr sich mit beiden Händen durch die Haare, die sie heute offen trug. »Isolde sagt, das war das Einhorn. Und ich weiß nicht ... Wollt ihr es euch ansehen?«

Die drei !!! nickten gleichzeitig.

»Wartet. Ich öffne das Tor.« Frau Schneider verschwand.

Marie wippte nervös auf und ab.

Kim trat näher an die Eisenstreben heran und sah angestrengt in den Garten. Auch Franzi versuchte, einen Blick auf die Tannen zu werfen, aber dichte Rhododendronbüsche und üppig blühende Stauden verdeckten die Sicht auf die Stämme der Bäume.

Am Tor summte es laut. Marie drückte es auf.

Anita Schneider trat beinahe gleichzeitig vor die Villa und nickte den Mädchen zu. Sie trug einen bunt gemusterten, kimonoartigen Überwurf, den sie über den Knien raffte, während sie die Treppe hinunterstieg.

»Ach, Kinder. Es ist wirklich sehr nett, dass ihr gekommen seid«, begrüßte Frau Schneider sie. »Ich bin völlig durcheinander.«

Sie folgten ihr auf einem Pfad aus moosüberwucherten Platten, der seitlich an der Villa in den Garten führte. Mächtige alte Bäume reckten ihre herbstkahlen Äste in den Himmel, dazwischen bildeten dichte Büsche und hohe Ziergräser ausgedehnte grüne Inseln. Mehrere große Skulpturen aus Bronze und Marmor waren im ganzen Garten verteilt.

»Onkel Eduard liebte die Natur und die Kunst«, erklärte Anita Schneider. »Der Garten war sein Ein und Alles. Hier konnte er beides miteinander verbinden.«

Nachdem sie an der Terrasse und einem efeuüberwachsenen Glaspavillon vorbeigelaufen waren, verlangsamte Anita Schneider ihre Schritte. Sie atmete hörbar ein und wieder aus. Dann blieb sie stehen. Die dunklen Tannen lagen nur einen Steinwurf von ihnen entfernt. »Isolde und ich sind heute Morgen hierhergekommen, weil uns die Einhorn-Erscheinung keine Ruhe gelassen hat. Wir mussten einfach nachsehen.« Sie straffte die Schultern und lief weiter. »Und dann haben wir die furchtbare Entdeckung gemacht.«

Die Anspannung wurde beinahe unerträglich, Franzis Herz schlug schneller.

Sie erreichten die Tannengruppe. Die sieben hohen und ausladenden Bäume standen eng beieinander, ihre Äste berührten sich. Es war, als würde sich eine Gruppe von Riesen an den Händen halten.

Franzi sah es sofort: Im schwarzen, rissigen Stamm der Tanne ganz links außen leuchtete eine helle Stelle. Sie maß vielleicht fünf bis acht Zentimeter im Durchmesser, war nahezu rund und befand sich ungefähr in eineinhalb Meter Höhe. Nachdem sie näher herangegangen war, konnte Franzi sehen, dass die Stelle im Stamm nicht nur eine oberflächliche Verletzung der Rinde war. Es handelte sich vielmehr um ein tiefes Loch. An seinen Rändern schimmerte getrocknetes Harz.

Kim sog scharf die Luft ein. »Das war jedenfalls kein Specht.«
Anita Schneider legte vorsichtig die Hand auf die Rinde neben dem Loch im Stamm. »Isolde ist der festen Überzeugung, dass es das Einhorn war. Sie sagt, es habe sein Horn mit aller Kraft hier hineingestoßen.«
Marie schluckte. »Warum sollte es das getan haben?«
»Weil es unsagbar wütend war, meint Isolde.«
»Aber warum?« Marie starrte wie hypnotisiert auf das Loch im Stamm.
»Es ist der Fluch«, wisperte plötzlich eine heisere Stimme.
Franzi zuckte zusammen.
Isolde Schneider stand einen Meter von ihnen entfernt. Sie musste, von allen unbemerkt, über den Terrassenausgang zu ihnen gekommen sein. Ihre grünen Augen hatten einen fiebrigen Glanz und sie war sehr blass. In der schwarzen Yogahose und der Bluse aus fließender schwarzer Seide, die sie trug, wirkte sich noch zerbrechlicher, als Franzi sie vom Vortag in Erinnerung hatte.
»Isolde, hast du mich erschreckt!«, rief ihre Schwester. »Du solltest im Bett bleiben und dich ausruhen.«
»Ich kann nicht ruhen«, murmelte Isolde Schneider. Sie sah die drei !!! durchdringend an. »Auch ihr spürt, dass es der Fluch des Einhorns ist. Deshalb seid ihr wiedergekommen, habe ich recht?«
Kim hüstelte. »Wir wollten einfach nur fragen, wie es Ihnen geht.«
Isolde Schneider schlang die Arme um ihren Oberkörper und wiegte sich leicht vor und zurück. »Ich bin schuld«, flüsterte sie.

Anita trat dicht neben ihre Schwester. »Was redest du da?«

»Ich habe nachgedacht. Ich weiß, was geschehen ist. Ich hätte sie nicht von Onkel Eduards Schreibtisch nehmen dürfen.«

Anita Schneider starrte ihre Schwester verständnislos an. »Was, um Himmels willen, meinst du?«

»Die Einhorn-Skulptur, zu der Onkel Eduard uns die Legende erzählt hat.«

Anita Schneider schloss die Augen. »Jetzt verstehe ich.«

»Entschuldigung«, sagte Kim. »Ich verstehe leider gar nichts. Was für eine Skulptur meinen Sie? Und um was geht es in dieser Legende?«

Isolde antwortete nicht. Ihr Blick war nach innen gekehrt und sie atmete schwer.

Ihre Schwester nestelte nervös an der Bernsteinkette, die sie um ihren Hals trug. »Onkel Eduard hat uns, als wir noch klein waren, immer wieder eine Geschichte erzählt. Sie handelt von einem Urahnen unserer Familie und einem Einhorn.« Sie hielt kurz inne, um dann mit brüchiger Stimme zu fragen: »Kennt ihr das alte Märchen vom *Tapferen Schneiderlein* der Brüder Grimm?«

Die drei !!! nickten gleichzeitig.

»Onkel Eduard hat uns erzählt, dass dieses Schneiderlein wirklich gelebt hat und dass es ein Urahn unserer Familie war. Das grimmsche Märchen basiert auf den wahren Erlebnissen unseres Vorfahren im frühen Mittelalter, die über die Jahrhunderte immer wieder mündlich weitergegeben wurden. Die Brüder Grimm hörten diese Geschichte eines Tages und schrieben sie auf. Allerdings haben sie einen entscheidenden Teil verändert.« Anita Schneider holte tief Luft. »Im Märchen fängt der Schneider ein Einhorn, das im Wald des Königs sein Unwesen treibt. Er lockt das Wesen hinter sich her und lässt es gegen einen Baum rennen, sodass sein Horn darin stecken bleibt. So kann er dem wehrlosen Einhorn einen Strick um den Hals binden, sein Horn mit ein paar Axtschlägen in das umliegende Holz befreien und das Tier dem König übergeben.«

»Aber so war es in Wirklichkeit nicht«, schaltete sich Isolde Schneider ein. »In Wahrheit tobte das Einhorn fürchterlich«, flüsterte sie. »Es trat nach dem Schneider, und bevor er das Seil über seinen Hals werfen konnte, hatte es sich auch schon befreit und verschwand in der Tiefe des Waldes. Allerdings brach bei der Befreiungsaktion die Spitze von seinem Horn ab und blieb im Stamm stecken. Der Schneider nahm sie als Trophäe an sich und ließ eine kleine Einhorn-Figur aus Alabaster anfertigen. An ihrer Stirn wurde das echte Horn eingefügt.« Isolde Schneider seufzte. »Eine Zeit lang erschien das wütende Einhorn immer wieder in der Nähe des Schneiders, weil es das Stück von seinem Horn wiederhaben wollte. Irgendwann aber kam es nicht mehr. Wahrscheinlich, weil es merkte, dass sein Horn wieder nachgewachsen war. Der Schneider hatte viel Glück in den kommenden Jahren und wurde ein reicher Mann, der obendrein mit Gesundheit gesegnet war. Er schrieb dieses Glück dem magischen Stück Horn zu, das in seinem Besitz war. Und tatsächlich setzte sich das Glück von Generation zu Generation in der Familie Schneider fort. Auch unser Onkel Eduard, der die Statue von seinem Vater erbte, wurde ein reicher Mann, der bis ins Alter gesund blieb.« Isolde biss sich auf die Lippe. »Eduard hat immer er-

zählt, dass leider auch eine gewisse Portion negativer Energie in der Figur steckt, weil das Hornstück mit Gewalt genommen wurde. Er fürchtete, dass bei ungünstigen Bedingungen diese Energie aufflammen könnte.« Sie lehnte sich erschöpft an ihre Schwester. »Die Statue stand immer auf Onkel Eduards Schreibtisch in seinem Büro. Als wir nach seinem Tod in die Villa eingezogen sind, habe ich das Zimmer umgeräumt und als Atelier und Schlafzimmer eingerichtet. Die Statue habe ich im Salon ins Fenster gestellt.« Isolde schluchzte. »Ich wollte, dass sie mehr Licht hat. Aber das war ein Fehler. Ich hätte niemals ihren Standort verändern dürfen! Jetzt ist die negative Energie freigesetzt geworden. Der Geist des Einhorns ist zurückgekehrt.«
»Bitte beruhige dich«, flüsterte Anita.
Marie war blass geworden und rückte näher an Franzi heran. Kim knetete ihre Lippe. »Was für eine Geschichte! Ich hätte Eduard Schneider gerne kennengelernt. Er muss eine unglaubliche Fantasie gehabt haben.«
»Das war nicht seine Fantasie!«, rief Isolde aufgebracht. »Alles ist wahr. Ihr seht doch, was jetzt passiert ist.«
»Bitte«, sagte Franzi. »Regen Sie sich nicht auf. Vielleicht gehen Sie jetzt besser wieder ins Haus?«
Anita Schneider nickte. »Das machen wir. Am besten trinken wir alle erst einmal eine schöne Tasse Kräutertee.«
»Sehr gerne«, antwortete Kim. »Dürften wir uns dann die Einhorn-Figur ansehen?«
»Natürlich«, murmelte Anita Schneider. »Kommt.«
»Ich mache den Tee«, sagte Isolde, nachdem sie die Villa über die Terrassentür betreten hatten.

»Bist du sicher, Liebes?«, fragte Anita. »Ich übernehme das gerne, du kannst …«
»Ich muss etwas tun«, unterbrach Isolde sie und eilte auf eine breite Flügeltür zu, durch die man in den nächsten Raum gelangte.
»Das hier ist das ehemalige Arbeitszimmer von Onkel Eduard. Jetzt ist es Isoldes Atelier«, erklärte Anita Schneider. »Der Salon ist gleich nebenan.« Sie durchquerten den großen, spärlich möblierten Raum. In einem Alkoven stand ein Bett mit einem dunkelblauen Samtvorhang. Daneben befand sich ein zierlicher Schreibtisch aus hellem Holz mit einem Klappstuhl. An einer Wand gab es ein einfaches Regal, in dem Farben, Flaschen, Malblöcke und Behälter mit Pinseln und Stiften lagerten. Auf einer Staffelei war ein abstraktes Bild in zart verlaufenden Farben zu sehen. Ein Kleiderschrank, zwei Meditierkissen und eine eingerollte Yogamatte in der Ecke komplettierten die Einrichtung. Nur die nachtblaue Brokat-Tapete mit silbernen Ranken an der Wand und ein dicker Teppich auf dem Boden, der ein elegantes orientalisches Muster aufwies, zeugten noch von dem herrschaftlichen Charakter, den das Zimmer einst gehabt haben musste.
Die drei !!! folgten Anita Schneider in den angrenzenden Salon. Der glänzende Parkettboden knarzte unter ihren Füßen, während sie an vier mächtigen Ledersesseln, einer ausladenden Couch und einem niedrigen Tisch aus dunklem Holz vorbeiliefen. An den Wänden hingen dicht an dicht Ölgemälde und Zeichnungen in reich verzierten, goldenen und silbernen Rahmen.
Anita Schneider steuerte auf die breite Fensterfront zu, an de-

ren Seiten schwere Vorhänge mit dicken Kordeln zusammengebunden waren. Zwei große Orchideenpflanzen mit üppigen Blütenrispen in leuchtendem Rosa und strahlendem Weiß standen auf der Fensterbank. Zwischen ihnen war die kleine Einhorn-Statue auf einem mit einem Wappen verzierten Sockel platziert.
»Das ist sie«, sagte Anita Schneider.
»Die ist aber schön«, sagte Franzi und sah die ungefähr zwanzig Zentimeter hohe Figur gebannt an. Sie war fein gearbeitet und wirkte ungeheuer lebensecht. Die wogende Mähne, die geblähten Nüstern und der wilde Blick des steigenden Einhorns erinnerte Franzi ein bisschen an ihr Pony Tinka, wenn es ausgelassen auf der Weide tobte.
Der polierte, halb durchsichtige Stein, aus dem die Figur bestand, schimmerte im Sonnenlicht. Das kleine Einhorn schien magisch aus seinem Inneren heraus zu leuchten.
Franzi beugte sich noch ein Stück näher heran und besah das winzige gedrechselte Horn der Figur. Es war schiefergrau und besaß eine matte Oberfläche mit kleinen, hellen Einschlüssen.
Kim sah ihr über die Schulter. »Das soll also echtes Einhorn-Horn sein?«
»Onkel Eduard hätte jetzt sofort Ja gesagt.« Anita Schneider lächelte schwach. »Es ist jedoch eher anzunehmen, dass es ein Stück vom Stoßzahn eines Narwals ist. Ich habe in einem Museum solche Zähne gesehen. Sie wurden im Mittelalter als scheinbar echte Einhorn-Hörner gehandelt.«
»Stimmt, darüber haben wir gestern Nacht gelesen«, murmelte Kim. »Die Apotheker damals haben viel Geld damit verdient. Sie haben die armen Wale fangen und töten lassen

und die langen Stoßzähne stückweise verkauft oder Pulver daraus gemacht, das angeblich magische Heilkräfte hatte.«
»Du bist gut informiert«, sagte Anita Schneider. Sie seufzte. »Es ist schon merkwürdig, was die Menschen so treiben.«
»Sie glauben also auch nicht an die Geschichte, die ihr Onkel erzählt hat?«, fragte Kim.
»Dass dieses Stück von einem Einhorn stammt, kann ich tatsächlich nicht glauben.« Sie schüttelte den Kopf. »Aber ich glaube an die tief in uns Menschen liegenden Kräfte, die alles vermögen. An Fähigkeiten, die uns miteinander und mit der Erde verbinden und alles zum Guten wenden. Und ich glaube, dass die Seelen unserer Verstorbenen uns dabei helfen wollen.« Anita Schneider zuckte mit den Schultern. »Ich habe das Gefühl, Onkel Eduard möchte uns etwas Wichtiges mitteilen. Ich weiß nicht, was es ist. Aber er will unsere Aufmerksamkeit. Ich denke, er hat die Einhorn-Erscheinung geschickt. Vielleicht, um uns zu warnen. Wir müssen dringend herausfinden, wovor.«
Kim und Marie blieb der Mund offen stehen. Auch Franzi wusste in dem Moment nicht, was sie sagen sollte.
Plötzlich weiteten sich Frau Schneiders Augen. Sie deutete stumm zur Wand. Ein greller Lichtblitz zitterte über die dunkle Tapete, hielt kurz inne und wanderte dann weiter nach oben zur Decke.

Wirklich schrecklich!

Franzi blickte die Lichterscheinung erschrocken an.
»Das ist eine Sonnenspiegelung von draußen«, sagte Kim vollkommen ruhig. Sie drehte sich zum Fenster und sah hinaus. »Wahrscheinlich von den Scheiben eines Autos.«
Franzi schob vorsichtig einen Orchideenzweig zur Seite und spähte aus dem Fenster. Tatsächlich stand auf der gegenüberliegenden Straßenseite ein Wagen, der vorhin noch nicht da gewesen war. Eine dunkelhaarige Frau war gerade ausgestiegen und suchte etwas in einer großen Tasche, die sie auf dem Dach des Autos abgelegt hatte.
Anita Schneider trat zu den Mädchen ans Fenster. In dem Moment zog die Frau ihre Tasche vom Autodach, schulterte sie und ging davon. Anita Schneider massierte sich die Schläfen. »Ich muss wirklich aufpassen, hier nicht komplett verrückt zu werden.«
»Was ist denn los?«, erklang Isoldes Stimme von der Tür her. Sie trug ein Tablett, auf dem eine große Kanne, Teetassen und ein Glas Honig standen. Sie setzte es auf dem Tischchen ab und sah ihre Schwester besorgt an.
Anita Schneider lief zu einem der schweren Ledersessel und ließ sich hineinsinken. »Nichts, Isolde. Da war nur eine Reflexion an der Wand von der Straße her und ich habe überreagiert.«
Isolde Schneider nickte stumm und nahm auf dem Sessel neben ihrer Schwester Platz. »Bitte, setzt euch«, sagte sie zu den drei !!! und begann, Tee einzuschenken. Ein fruchtig-herber

Duft breitete sich aus. »Waldmeister-Pfefferminz«, erklärte Isolde. »Das beruhigt und belebt zugleich.«
Franzi pustete in ihre Tasse und nahm einen vorsichtigen Schluck. Überrascht stellte sie fest, dass ihr der Tee richtig gut schmeckte.
Auch Marie und Kim tranken mit zufriedenen Gesichtern. Kim löffelte sich Honig in ihre Tasse und rührte langsam um. »Sie sagten, Sie glauben, dass der Geist Ihres Onkels Sie vor etwas warnen möchte«, begann sie vorsichtig.
»Ja.« Anita Schneider umfasste ihre Tasse mit beiden Händen und atmete den aufsteigenden Dampf tief ein. »Die Zeichen müssen von ihm kommen.«
Isolde Schneider stellte ihre Tasse zurück auf den Tisch. »Ich glaube nicht, dass sie von Onkel Eduard sind. Er würde uns niemals solche Angst einjagen. Es ist der Geist des Einhorns.«
Anita nahm einen Schluck Tee und schloss die Augen. »Was auch immer es ist, es beunruhigt mich mehr und mehr«, murmelte sie.
Ihre Schwester strich sich die Seidenbluse glatt. »Vielleicht sollten wir das Haus verkaufen und an einem anderen Ort neu beginnen.«
»Ich glaube nicht, dass Onkel Eduard das gewollt hätte«, meinte Anita Schneider.
»Das glaube ich auch nicht.« Kim stellte ihre Tasse energisch auf das Tablett. »Ich dachte, dass es sich bei dem Ganzen um einen schlechten Scherz handelt. Aber jetzt habe ich eine andere Vermutung: Könnte es sein, dass irgendjemand, also, ich meine, ein *Mensch*, Interesse daran haben könnte, dass sie die Villa verkaufen und ausziehen?«

Die Schwestern sahen Kim verdattert an. »Wer sollte das wollen?«, fragte Anita Schneider.
Franzi schnippte mit dem Finger. »Zum Beispiel Ihr Nachbar Jens-Dieter Rohloff.«
»Der ist von Ihren Plänen, hier ein spirituelles Begegnungszentrum einzurichten, gar nicht begeistert«, ergänzte Marie.
Anita Schneider schwieg nachdenklich.
Ihre Schwester schüttelte heftig den Kopf. »Ihr meint, Herr Rohloff hat den Geist des Einhorns gerufen, um uns zu vertreiben? Das kann nicht sein. Der Mann hat eine eindeutige, sehr kreative Aura, aber keine magische. Er kann so etwas nicht.«
Mühsam beherrscht antwortete Kim: »Wir meinten eher, dass der Mann den ganzen Spuk vielleicht inszeniert hat. Völlig ohne Magie. Mit einem verkleideten Pony.« Sie griff zu ihrer Teetasse und trank sie aus. »Wir würden uns sehr gerne noch mal im Garten umsehen.«
Anita Schneider goss sich und ihrer Schwester Tee nach. »Macht das«, stimmte sie zu.
»Aber seid um Himmels willen vorsichtig!«, rief Isolde den drei !!! nach, als sie durch die Flügeltür liefen, um vom Nebenzimmer aus auf die Terrasse zu gelangen.
Kim stapfte über den Steinplattenweg voraus, der zu den Tannen führte. Sie wuschelte sich durch die kurzen dunklen Haare. »Die beiden Damen sind schon etwas gewöhnungsbedürftig«, sagte sie leise über die Schulter zurück. »Mir schwirrt total der Kopf vor lauter Geistern, Flüchen und Auren.«
Marie lachte. »Das ist selbst mir etwas zu viel.«
Sie blieben vor der Tanne mit dem Loch im Stamm stehen.

»Das sieht wirklich schrecklich aus«, stellte Marie fest. Sie zog ihr Smartphone hervor und tippte auf die App für die Taschenlampe.

Im grellen Lichtstrahl war gut zu erkennen, dass das Loch mindestens zwanzig Zentimeter tief war. Das Holz im Inneren der Röhre war unregelmäßig gefurcht und spitze Späne standen ab.

Kim machte ein paar Fotos mit ihrem Handy und vergrößerte die Bilder auf dem Display. »Ich finde, das sieht sehr danach aus, dass hier mit einem Spatel nach und nach Holz herausgeschlagen wurde.«

»Absolut«, stimmte Franzi ihr zu.

»Seht mal«, sagte Marie plötzlich und griff in einen herabhängenden Tannenzweig. Sie zupfte etwas mit spitzen Fingern vorsichtig heraus. Es waren zwei sehr lange, kräftige, weiße Haare.

Kim und Franzi liefen zu Marie. »Die stammen von einem Pferd oder Pony«, sagte Franzi sofort. »Hundertprozentig.« Sie grinste schief. »Oder von einem Einhorn.«

Kim boxte ihr leicht gegen die Schulter und holte ein Papiertaschentuch aus ihrer Hosentasche. Sie wickelte die Haare darin ein und schob das Taschentuch vorsichtig in ihre Tasche zurück.

Marie ließ ihren Blick über den Boden wandern, der mit dichtem, kurzem, dunkelgrünem Gras bedeckt war. »Es sind aber keine Hufspuren zu sehen.«

»Ich glaube, diese Grassorte ist sehr widerstandsfähig, die Halme richten sich schnell wieder auf, wenn sie platt getreten worden sind.« Kim deutete auf die Stelle, an der sie vor wenigen Minuten noch gestanden hatte. Keinerlei Spuren waren zurückgeblieben.

Franzi biss sich auf die Lippe. »Vielleicht ist weiter hinten was zu sehen, bei dem Tor in der Mauer. Von dort muss das Tier ja in den Garten gelangt sein.«

»Es könnte auch durch die vordere Einfahrt gebracht worden sein«, widersprach Kim.

»Das ist doch viel zu auffällig!«, rief Franzi.

»Wir sollten trotzdem auch dort nachsehen«, beharrte Kim.

Marie ließ ihren Blick schweifen. »Und was ist mit den Seiten der Anwesen?«

»An der Mauer, die links verläuft, sind wir ja gestern Abend außen entlanggelaufen. Da gibt es keinen Durchgang.«

Kim ging ein Stück in Richtung des angrenzenden Gartens von Bertram Breuer. »Und hier ist ein langer schmiedeeiserner Zaun.«

Franzi nickte. »Lasst uns hinten nachsehen.«

Kim huschte zwischen zwei Rhododendronbüschen hindurch und kehrte zu dem Weg mit den Steinplatten zurück, der bis in den hinteren Gartenteil führte. Plötzlich blieb sie stehen und sah zurück.

»Was ist?«, rief Franzi, die bereits das Tor erreicht und enttäuscht feststellt hatte, dass auch hier keine Spuren zu sehen waren.

Kim lief zu einem der Büsche zurück und bückte sich. Als sie sich wieder aufgerichtet hatte, sah Franzi, dass sie etwas in der Hand hielt.

»Ratet mal, was hier lag!«, rief Kim.

Franzi und Marie rannten zu ihr.

Kim hielt ein Hufeisen hoch.
»Das ist wohl der absolute Beweis, dass hier ein Pferd war«, sagte Marie.
»Eher ein Pony«, meinte Franzi sofort. »Dieses Eisen ist sogar noch kleiner als die von Tinka. Zeig mal.«
Kim gab Franzi das Hufeisen.
Es war ein gängiges Modell, wie sie es von ihrer Rappstute her kannte. »Perfekt«, murmelte Franzi. »Ich werde unseren Schmied gleich nachher anrufen und fragen, ob jemand einen Termin wegen eines verlorenen Eisens gemacht hat.«
Kim nickte zufrieden. »Sehr gut.«
Sie durchkämmten den Garten noch eine Weile, fanden jedoch nichts weiter Auffälliges.
Als sie zur Terrasse zurückkehrten, kam ihnen Anita Schneider entgegen.
»Ich wollte gerade zu euch!«, rief sie. »Isolde hat sich im Wohnzimmer hingelegt und ich wollte jetzt auch …« Sie stockte, als sie das Hufeisen in Kims Hand sah. »Habt ihr das hier gefunden?«
»Ja. Es lag ganz in der Nähe der Tannen.« Kim fuhr mit der Hand über das Eisen. »Wir werden versuchen herauszufinden, ob ein Ponybesitzer sein Tier beim Schmied angemeldet hat. Dann sehen wir weiter.«
»Ich danke euch.« Frau Schneider lächelte matt. »Vielleicht habt ihr recht. Ich wünsche mir wirklich, dass ein Mensch aus Fleisch und Blut hinter allem steckt. Mit dem könnten wir sprechen und er könnte uns erklären, was das alles soll.« Sie raffte ihr Gewand und drehte sich zur Tür. »Ich bin völlig erledigt und muss mich jetzt auch hinlegen.«

Kim nickte. »Wir melden uns bei Ihnen, sobald wir Neuigkeiten haben.«

»Und rufen Sie uns in jedem Fall an, wenn Sie etwas bemerken sollten«, fügte Marie hinzu. »Unsere Visitenkarte haben Sie ja.«

Anita Schneider nickte. Die Mädchen liefen mit ihr zurück in den Salon, in dem ihre Jacken und Rucksäcke lagen.

Kim steckte das Hufeisen ein. »Eines hätte ich jetzt beinahe vergessen«, fing sie an, als sie den Salon verließen. »Frau Schneider, die Tür hinten in der Mauer, die den Garten zum Uferweg begrenzt ... ist die immer verschlossen gewesen in den letzten Tagen?«

»Ja, natürlich. Ich habe gleich, als wir hier eingezogen sind, nachgesehen, ob sie verschlossen ist. Es gibt einen Schlüssel dazu. Den habe ich an meinem Schlüsselbund.«

Kim nickte nachdenklich. »Gut, vielen Dank.«

Sie verabschiedeten sich und Frau Schneider schloss mit erschöpftem Gesicht die Tür hinter ihnen.

»Wollen wir Herrn Rohloff einen Besuch abstatten?«, fragte Marie. »Wir könnten so tun, als wollten wir ein Autogramm von ihm, und dann verwickeln wir ihn in ein Gespräch.«

»Hm«, machte Franzi abwesend. Sie hatte gerade aus den Augenwinkeln eine schnelle Bewegung in einem Wagen gesehen, der auf der anderen Straßenseite geparkt war. Es war das Auto, an dem die dunkelhaarige Frau mit der schwarzen Tasche gestanden hatte. Merkwürdig. Franzi kniff die Augen zusammen. Sah sie jetzt schon Gespenster? Sie stellte sich auf die Zehenspitzen und reckte den Hals. Jetzt konnte sie einen Blick ins Wageninnere erhaschen. Sie schluckte. Dort war tat-

sächlich ein zusammengekauerter Schatten zu sehen. Was hatte das zu bedeuten?
»Kommst du?«, rief Marie ungeduldig.
»Lasst uns hier in den Weg einbiegen«, zischte Franzi.
»Aber …«, erklang es zweistimmig.
»Fragt nicht«, fuhr Franzi dazwischen. »Kommt mit.«
Sie zog Kim und Marie in die schmale Straße, die zwischen den Anwesen des Schriftstellers und der Schneider-Schwestern lag. Kaum waren sie um die Ecke gebogen, blieb Franzi stehen und schob vorsichtig ihren Kopf vor. Aufgeregt flüsterte sie: »Ich glaube, da versteckt sich jemand in dem Auto, das vor der Villa steht.«

Magische Verwandlung

»Wie bitte?« Kim sah Franzi verständnislos an. Sie schob sich an ihrer Freundin vorbei und lugte ebenfalls hinter der Mauer hervor.

»In dem Wagen hat sich jemand weggeduckt«, sagte Franzi. »Genau in dem Moment, als wir auf die Straße kamen.«

»Echt?« Marie sah neugierig zu dem Auto.

Die Sekunden verstrichen. Nichts tat sich.

»Bist du sicher, dass da jemand drin ist?« Marie zog sich zurück und zupfte sich ein Efeublatt aus dem Haar. »Ich glaube, wir verschwenden unsere Zeit.«

»Wart's ab«, sagte Franzi knapp und starrte angestrengt zu dem Auto rüber.

Plötzlich bewegte sich etwas. Eine Gestalt schob sich auf dem Fahrersitz nach oben! Kim packte Franzi am Arm. »Das ist die Frau, die vorhin am Auto gestanden hat.«

»Was macht sie da?«, fragte Marie.

Franzi zog Kims Hand weg und rieb sich ihren schmerzenden Arm. »Sie hantiert am Rückspiegel herum.«

Im nächsten Moment wurde die Fahrertür geöffnet und die Frau stieg aus. Sie sah sich um, warf die Tür zu und drückte die Funkfernbedienung für die Verriegelung. Nachdem sie einen längeren Blick auf die Villa der Schneider-Schwestern geworfen hatte, lief sie zügig los.

»Leute, das ist doch mehr als merkwürdig«, sagte Kim. Die Frau bog gerade in einen Seitenweg ein und verschwand hinter einer Buchsbaumhecke. »Los, wir verfolgen sie!«

Schnell rannten die Mädchen zur anderen Straßenseite. Als sie an dem Wagen der Frau vorbeikamen, blieb Franzi kurz stehen und warf einen Blick hinein. Das Innere war sauber und aufgeräumt, es lagen keine persönlichen Gegenstände darin. Das einzig Auffallende war eine Traube bunter Bommeln, die am Innenspiegel hing. Franzi wollte gerade weiterlaufen, als sie ein winziges grün blinkendes Licht inmitten der Wollkugeln wahrnahm. Sie sah genauer hin und schluckte. Die Bommeln verbargen ein kleines schwarzes Kästchen. Das Blinken ging von einer winzigen Lampe darin aus. Eine runde Aussparung in dem Kästchen zeigte zur anderen Straßenseite, in Richtung der Villa von Anita und Isolde Schneider.

Kim winkte ungeduldig. Franzi prägte sich das Kennzeichen des Fahrzeugs ein und ging zu ihren Freundinnen, die an der Buchsbaumhecke warteten.

»Sie ist vorne links abgebogen«, sagte Marie aufgeregt.

Die drei !!! rannten den schmalen Weg bis zur nächsten Gabelung und postierten sich erneut hinter der Hecke eines Vorgartens. Von dort beobachteten sie, wie die Frau weiterlief und an der nächsten Ecke rechts abbog. »Da geht es zu mir nach Hause«, stellte Marie erstaunt fest.

Sie verfolgten die Frau vorsichtig weiter. Tatsächlich steuerte sie zielstrebig auf die andere Seite der Allee zu, auf der die Villa der Familie Grevenbroich lag.

Marie zog Kim und Franzi mit sich hinter eine Litfaßsäule. Sie runzelte die Stirn. »Was soll das?«

Als die Frau auf der Höhe der Einfahrt zur Grevenbroich-Villa angekommen war, verlangsamte sie ihre Schritte. Sie ging jedoch weiter und bog auf das Grundstück daneben ein.

Marie atmete aus. »Sie geht in die *Pension Morgenstund*. Und ich dachte wirklich, sie will zu mir nach Hause.«
Franzi nickte. »Ging mir auch so. Ich habe ganz vergessen, dass es die Pension gleich neben euch gibt.«
Die Frau verschwand im Eingangsbereich der kleinen Villa.
»Das ist eigenartig«, murmelte Kim. »Warum parkt sie ihr Auto nicht hier? Es sind doch genügend Plätze frei.«
»Ich glaube, sie überwacht die Schneider-Villa«, zischte Franzi. »Im Auto ist etwas, das wie eine Kamera aussieht.«
Kim machte große Augen. »Bist du sicher?«
»Ziemlich.«
»Wer ist diese Frau?«, fragte Kim. »Was will sie von Anita und Isolde Schneider?«
»Das werden wir schon herausfinden«, meinte Marie selbstsicher. »Wir könnten ...«
Franzis Handy klingelte. Sie zog es schnell hervor und drückte den Anruf weg. »Das war Meri. Ich rufe sie später zurück.«
»Das Tagebuch«, sagte Kim, während sie zu der Pension rübersah. »Ich bin gespannt, ob es aufgetaucht ist.«
»Eins nach dem anderen«, murmelte Marie. »Jetzt will ich wissen, wer diese Frau ist.« Sie trat hinter der Litfaßsäule hervor und straffte die Schultern.
Kim zog sie wieder zurück. »Warte! Was willst du denn machen?«
»Reingehen und am Empfang versuchen, rauszukriegen, wer sie ist.«
»Und wenn sie noch dort steht und uns erkennt?«
»Dann sind wir eben zufälligerweise hergekommen, weil ...«
»Da kommt sie schon wieder!«, rief Franzi dazwischen.

Die Frau hatte sich eine andere Jacke angezogen, trug eine Sonnenbrille und hatte eine kleinere Tasche dabei. Sie verließ das Gelände der Pension und lief zielstrebig die Allee in Richtung der Bushaltestelle hinunter.

»Hinterher«, sagte Franzi. Sie sprintete zu einem am Straßenrand geparkten Auto und duckte sich dahinter.

Kim und Marie folgten ihr.

Kim sah auf ihre Armbanduhr. »Ich habe nur noch knapp vierzig Minuten, bis ich zum Mittagessen zu Hause sein muss.«

»Ich muss auch um eins zu Hause sein«, sagte Marie.

Franzi zuckte zusammen. »Und ich bin bei Blakes Familie zum Mittagessen eingeladen. Hoffentlich steigt die Frau nicht in den Bus und wir müssen durch die halbe Stadt mitfahren.« Sie sah vorsichtig am Auto vorbei. Augenblicklich atmete sie auf. »Sie geht in die *Chocolaterie*!« Das kleine Bistro, das im Erdgeschoss eines Mehrfamilienhauses ganz in der Nähe der Bushaltestelle lag, kannten die Mädchen sehr gut. Es gab dort die besten *Pains au Chocolat* der ganzen Stadt und sie hatten schon oft an einem der winzigen Tische am Fenster gesessen und die französische Atmosphäre genossen.

Franzi seufzte. »Der Laden ist so klein, da fallen wir ihr sofort auf, wenn wir reingehen.«

»Lasst uns erst mal näher rangehen und sie durch die Scheibe beobachten«, schlug Kim vor.

Sie schlichen weiter vor und postierten sich hinter dem dicken Stamm einer alten Kastanie, die vor dem Haus stand.

Die Frau setzte sich, legte ihre Jacke ab und zog einen Laptop aus ihrer Tasche. Nachdem sie ihre Bestellung aufgegeben hatte, klappte sie das Gerät auf und begann zu tippen.

»Ich will wissen, was sie schreibt«, sagte Marie. »Wir müssen näher ran.«

»Dann bemerkt sie uns womöglich«, gab Kim zu bedenken.

Franzi sah, dass der Tisch neben der Frau gerade frei wurde. Sie stupste Marie an und deutete auf den leeren Platz. Ihre Freundin verstand sofort. »Ich geh rein.«

In Windeseile zog Marie eine große Piloten-Sonnenbrille aus ihrem Matchbeutel und, nach einigem Wühlen, ein dunkelblaues Basecap und einen Lippenstift. Mit geübten Griffen zwirbelte sie ihre Haare zu einem Dutt, zog die Kappe über und malte sich die Lippen korallenrot an. Nachdem sie die Sonnenbrille aufgesetzt hatte, war Marie nicht mehr wiederzuerkennen. Sie grinste. »Kleine magische Verwandlung! Und: los geht's.«

Gespannt beobachteten Franzi und Kim, wie ihre Freundin das Bistro betrat und am Tisch neben der Frau Platz nahm. Die Bedienung stellte gerade einen Teller mit einem Stück Kuchen und eine große dampfende Tasse vor der Frau ab. Sie nickte zerstreut und tippte weiter.

Marie sagte etwas zur Bedienung, die daraufhin zum Tresen lief.

»Warum setzt sich sie sich mit dem Rücken zu ihr«, murmelte Kim erstaunt. »So sieht sie doch gar nicht aufs Display.«

Franzi trat von einem Fuß auf den anderen. »Verstehe ich auch nicht.«

Marie zog die Sonnenbrille ab und holte ihren Schminkspiegel hervor. Nachdem ihr Getränk gebracht worden war, klappte sie den Spiegel auf und schien ausführlich ihr Make-up zu prüfen.

Franzi sah Kim entsetzt an. »Wie kann sie jetzt an ihren Lidstrich denken?«

»Das tut sie nicht.« Kim grinste. »Sie sieht im Spiegel auf den Bildschirm vom Laptop.«

Franzi pfiff durch die Zähne. »Marie fällt auch immer wieder was Neues ein.«

Nach einigen Minuten klappte die Frau den Laptop wieder zu und begann, ihren Kuchen zu essen.

Marie steckte den Spiegel weg. Sie trank ihre Cola in großen Schlucken aus und sah demonstrativ auf ihre Uhr. Hastig verließ sie nach dem Bezahlen die *Chocolaterie*.

»Super gemacht«, sagte Kim, als Marie zu ihnen hinter die Kastanie trat. »Der Trick mit dem Spiegel war genial.«

Marie zog sich das Basecap vom Kopf und schüttelte ihre Haare aus. »Das wollte ich schon seit Längerem mal ausprobieren. Er klappt ganz gut.« Sie verzog das Gesicht. »Es ist allerdings schwer, Textteile zu entziffern. Die Buchstaben sind alle spiegelverkehrt.«

»Konntest du trotzdem etwas rausfinden?«, wollte Kim wissen. Ihre Wangen waren vor Aufregung gerötet.

Marie verstaute die Kappe in ihrer Tasche. »Wie gesagt, die Texte konnte ich nicht lesen. Aber: Sie hat sich Bilder angesehen. Gemälde, meine ich, in fetten goldenen Rahmen. Und Skulpturen.« Marie nestelte nervös am Reißverschluss ihrer Jacke. »Das waren genau solche Bilder wie die in der Villa der Schneider-Schwestern. Leute, ich hab ein ganz blödes Gefühl.«

»Du meinst, sie kundschaftet die Frauen aus, weil sie dort einbrechen und Gemälde stehlen will?« Kim wuschelte sich aufgeregt durch die Haare. »Und das mit dem Einhorn ist irgendwie ein Ablenkungsmanöver?«

»Ähm, vielleicht«, meinte Marie unsicher. »Keine Ahnung. Es kann ja auch alles ganz anders sein.«

Franzi überlegte kurz. »Müssten wir Anita und Isolde Schneider zur Sicherheit warnen?«, fragte sie schließlich.

»Was ist, wenn wir völlig falschliegen mit unserem Verdacht?«, warf Marie ein. »Dann regen wir sie unnötig auf. Die beiden sind doch sowieso schon völlig durcheinander.«

»Da hast du auch wieder recht.«

Eine Weile herrschte ratloses Schweigen.

Plötzlich räusperte sich Kim. »Wir sollten Kommissar Peters ins Boot holen. Seine Leute können nachsehen, ob wirklich eine Kamera im Auto ist, die die Villa überwacht. Dann kann er die Frau überprüfen lassen.«

Kim sah auf ihre Armbanduhr. »Übrigens muss ich in fünf Minuten los. Wenn ich zu spät zum Mittagessen komme, macht mir meine Mutter die Hölle heiß.«

Franzi zog ihr Smartphone hervor. »Lasst uns den Kommissar anrufen.«

»Wir brauchen das Kennzeichen des Autos«, warf Marie ein.

»Das habe ich mir gemerkt«, antwortete Franzi und rief die Nummer des Kommissars auf.

Peters nahm schon nach dem zweiten Klingeln das Gespräch an. Franzi drückte die Freisprechtaste.

»Franziska Winkler von den drei !!!«, meldete sie sich laut und deutlich.

»In welcher gefährlichen Situation befindet ihr euch und wo soll ich hinkommen?«, tönte es aus dem Handy.

Franzi runzelte die Stirn. Der Humor des Kommissars war manchmal etwas gewöhnungsbedürftig. »Hallo, Herr Peters. Uns geht es gut, danke«, sagte sie. »Aber wir haben eine Beobachtung gemacht, die wir Ihnen mitteilen wollten.«

Der Kommissar hüstelte. »Sieh an, ihr habt also dazugelernt und meldet euch rechtzeitig. Das ist lobenswert.«

Die drei !!! sahen sich an und verdrehten die Augen.

Franzi schilderte in kurzen Worten den Sachverhalt und gab das Autokennzeichen durch.

Der Kommissar hörte aufmerksam zu. Er versprach sofort, eine Streife zu dem Wagen zu schicken.

»Prima!«, rief Kim. »Geben Sie uns Bescheid, wenn Sie etwas herausgefunden haben?«

»Mache ich«, murmelte Peters. »Danke für eure Meldung.«

Franzi verabschiedete sich und steckte das Handy ein. »Ich bin gespannt.«

Kim sah zur Haltestelle rüber, an der gerade ein Bus hielt. »Den muss ich kriegen!«, rief sie. »Habt ihr morgen Nachmittag Zeit für eine außerordentliche Detektivbesprechung im Pferdeschuppen?«

»Ja!«, riefen Franzi und Marie wie aus einem Mund.

»Super, bis dann.« Kim spurtete los und schaffte es tatsächlich, im letzten Moment in den Bus zu springen, bevor sich die Tür zischend schloss.

Detektivtagebuch von Kim Jülich
Sonntag, 19:43 Uhr

Das Ergebnis unserer Detektivbesprechung von heute Nachmittag kann man in etwa so zusammenfassen: Es ist schwierig. So ein Mist! Das hat man davon, wenn man nicht alles selbst macht und die Polizei zu früh einschaltet. Ich bin echt sauer auf Kommissar Peters! Zu dem Punkt aber später mehr.

Irgendwie ist alles ganz schön verworren. Ich muss meine Gedanken sortieren. Also:

Im Garten einer Villa im Ostviertel ist ein Einhorn aufgetaucht, besser gesagt, ein als Einhorn verkleidetes Pony. Anita und Isolde Schneider, die die Villa seit dem Tod ihres Onkels bewohnen, sind völlig verstört und glauben an einen Geist oder einen Fluch. Es gab schon eine Woche vor dem Erscheinen des Einhorns abends merkwürdige Geräusche im Garten und Lichter, die die Damen nervös gemacht haben. Das Einhorn war dann sozusagen die Krönung (also bis jetzt ...).

Wir haben ein Hufeisen auf dem Anwesen gefunden, und das Loch in einem Baumstamm, das angeblich von einer Attacke des Einhorns stammen soll, weist deutliche Spuren von Werkzeugen auf. Es ist also klar, dass jemand den Einhorn-Spuk bei den Damen inszeniert hat!

Wir wollen morgen versuchen, mit dem Schriftsteller Jens-Dieter Rohloff zu reden. Er wohnt neben den Schneider-Schwestern und fühlt sich von ihren Klangschalen-Übungen beim Schreiben belästigt. Will er sich an den Schwestern womöglich rächen und ihnen das Leben schwer machen? Oder will er sie gar vertreiben, indem er ihnen mit dem geisterhaften Einhorn den letzten Nerv raubt?!

Es gibt aber noch eine weitere Verdächtige. Wir haben eine Frau gesehen, die offensichtlich die Villa von Anita und Isolde Schneider mit einer in einem Auto versteckten Kamera überwacht. Sie hat Fotos von Gemälden auf ihrem Laptop. Wir vermuten, dass sie die Villa auskundschaften und dort Bilder stehlen will (von denen sehr viele im Salon hängen). Womöglich hat also die Frau auch etwas mit dem Einhorn-Spuk zu tun – er könnte eine Art Ablenkungsversuch sein. Wir haben Kommissar Peters von unserem Verdacht erzählt und er hat versprochen, sich um die Kamera im Auto und die Frau zu kümmern und uns auf dem Laufenden zu halten.

Allerdings hat der Kommissar sich nicht mehr bei uns gemeldet und ist auch nicht zu erreichen. Es geht immer nur die Mailbox ran. Das ist mehr als ärgerlich!! Die Frau und ihr Auto sind nämlich seit gestern Abend spurlos verschwunden und wir wissen überhaupt nicht, was los ist. Marie hat, als sie mit Holger vom Kinoabend nach Hause gelaufen ist, einen kleinen Umweg gemacht und wollte nach dem Auto sehen. Aber es war weg. Sie hat sofort Kommissar Peters angerufen, da ging jedoch nur die Mailbox ran. Dann hat Marie beschlossen, in der Pension nach der Frau zu fragen. Sie hat das wirklich schlau angestellt: Sie hat der Dame an der Rezeption ihren Seidenschal gezeigt und geflunkert, dass eine Frau, die sie vorhin in der Chocolaterie *kennengelernt habe, ihn dort vergessen hätte. Die Frau habe erzählt, dass sie hier wohne. Als Marie der Dame von der Pension eine kurze Personenbeschreibung gegeben hat, konnte sie sich tatsächlich sofort erinnern. Sie sagte, dass die Frau am späten Nachmittag spontan abgereist sei! Marie hat dann vorgegeben, dass sie der Frau den Schal zuschicken wollte, und um die Adresse gebeten. Das hat aber leider nicht funktioniert. Die Dame an der Rezeption wollte ihr die Daten nicht geben und hat den Schal an sich genommen, damit sie ihn ihrem Gast zusenden kann. Zu allem Übel ist Marie jetzt also auch noch ihren Seidenschal los.*

Hoffentlich meldet sich der Kommissar wenigstens morgen endlich mal!
Außerdem hoffe ich sehr, dass uns das Hufeisen weiterbringt. Franzi hat den Schmied angerufen und ihn gefragt, ob sich jemand bei ihm gemeldet hat, dessen Pony ein Hufeisen verloren hat. Bis jetzt war das nicht der Fall, aber der Mann wird Franzi sofort informieren, wenn jemand bei ihm auftaucht oder ihn anruft.
Morgen fühlen wir erst mal dem Schriftsteller auf den Zahn.
Nachtrag: Marie hat eben eine Nachricht geschickt. Der Termin morgen fällt aus! Marie hat auf dem Nachhauseweg zufällig Julia Breuer getroffen. Die hat ihr erzählt, dass der Schriftsteller mit vollgepacktem Wagen in seine Waldhütte gefahren ist, um endlich in Ruhe sein Buch fertig zu schreiben. Er bleibt mindestens eine Woche lang weg. Verdammt!!!
PS: Wie gut, dass Marie geschrieben hat: Bis Mittwoch im Wasserschlösschen. *Ich hatte es schon fast vergessen: Franzi hat mit Meri gesprochen. Das alte Tagebuch ist auch beim Restaurator nicht aufgetaucht. Meri und Sophie haben uns daher gebeten, doch mal ganz unauffällig bei ihrem Professor, dem Hausmeister und den anderen vom Team nachzuhaken. Mal sehen, wie wir da vorgehen. Hoffentlich haben wir wenigstens dabei Erfolg!*

Geheimes Tagebuch von Kim Jülich
Sonntag, 22:05 Uhr
Warnung!!! Der Geist eines wild gewordenen Einhorns wird all die aufsuchen, die hier heimlich mitlesen! Du glaubst nicht an Einhörner?! Wart's ab ...

Zwischendurch denke ich immer wieder, dass ich vielleicht nur träume und dann aufwache und ich bin gar nicht mit David zusammen. Aber es ist die Wirklichkeit, es stimmt, er und ich, wir sind ein Paar. Und zwar schon seit vier Wochen, drei Tagen und sieben Stunden!!! Es ist so wunderschön!

Gestern Abend haben wir ein total leckeres Picknick in Davids Zimmer veranstaltet und er hat mir das neue Ende seiner Kugelwesen-Aliens-Geschichte vorgelesen. In der ersten Fassung haben die Menschen den Planeten der Außerirdischen zum Schluss in die Luft gesprengt, weil sie sich nicht richtig mit ihnen verständigen konnten und Angst vor ihnen hatten. Das fand ich viel zu brutal. In der neuen Version freunden sich die Menschen jetzt mit den Kugelwesen an, weil eine Menschenfrau eine geniale Übersetzungsmaschine gebaut hat, mit deren Hilfe sie sich unterhalten können. Ich finde es so süß von David, dass er das Ende umgeschrieben hat! Er meinte, es wäre eine super Anregung gewesen, die Aliens nicht zu killen. Jetzt kann nämlich aus der Kurzgeschichte ein ganz langer Roman über das Zusammenleben der Kugelwesen mit den Menschen werden. David hat gefragt, ob ich mit ihm zusammen daran schreiben möchte. Ist das nicht süß?

Leider bin ich mir nicht sicher, ob ich das kann. Mein Ding sind ja Krimis. Die funktionieren total anders als Fantasy-Geschichten. Mal sehen, ich möchte aber schon mit David was zusammen schreiben. Fürs Erste haben wir uns eine Schreibübung ausgedacht. Wir haben ein Wörterbuch genommen und abwechselnd blind auf sechs verschiedenen Seiten auf einen Begriff getippt. Daraus macht jeder von uns bis zu unserem nächsten Date (juhu, das ist schon übermorgen!) einen Geschichtenanfang in drei

Sätzen. Diese Wörter müssen drin vorkommen: Bamigoreng, Donau, Fahrbahnmarkierung, Handschuhfach, Stockente, Zyklon.

Das wird nicht leicht. Zum Glück haben wir ausgemacht, dass die Reihenfolge egal ist.

1. Versuch:

Der Zyklon war so heftig, dass die Stockenten aus der Donau gerissen und durch die Luft gewirbelt wurden. Bert versuchte angestrengt, auf die Fahrbahnmarkierung zu achten, und griff ins Handschuhfach. Verwundert zog er seine Hand hervor – eine Dose Bamigoreng!?

Ich weiß nicht … 2. Versuch:

Die Stockente, wahrscheinlich stammte sie von den Auen der Donau, lief genau vor ihr auf der Fahrbahnmarkierung der Straße! Anna riss das Lenkrad herum, das Handschuhfach sprang auf und das Bamigoreng vom Schnellimbiss flog, einem Zyklon gleich, durchs Wageninnere.

Puh, letzter Versuch für heute:

Es sah aus, als hätte ein Zyklon gewütet! Dutzende Paletten mit Bamigoreng-Dosen waren vom Lkw auf die Uferstraße neben der Donau geschleudert worden, und ihr Inhalt hatte sich großflächig verteilt, sodass die Fahrbahnmarkierung nicht mehr zu sehen war. Während eine Stockente herabgesegelt kam und zu picken begann, öffnete Bert das Handschuhfach und holte das Handy heraus.

Der Geist will nicht kommunizieren

Franzis Smartphone klingelte genau in dem Moment, als sie nach einem rasanten Slide mit ihrem Skateboard über ein Metallrohr wieder auf dem Boden aufkam. Sie bremste, kickte das Board seitlich zu sich hoch und fing es mit einer Hand auf. Mit der anderen zog sie das Handy aus ihrer Bauchtasche.

Blake, der ihr zugesehen hatte, klatschte. »Perfekte Performance!«, rief er. »Besonders das mit dem Telefon«, fügte er mit ironischem Unterton hinzu.

»Sorry!«, sagte Franzi. »Da muss ich rangehen. Das ist Kim, sie ruft nur an, wenn es etwas wirklich Wichtiges gibt.«

Blake nickte. »Ist doch okay. Ich geh wieder in die Rampe, solange du telefonierst.«

Franzi warf Blake eine Kusshand zu und nahm das Gespräch an.

»Anita Schneider hat gerade angerufen«, drang Kims aufgeregte Stimme an Franzis Ohr. »Kannst du sofort zur Villa kommen? Die kleine Einhorn-Statue ist verschwunden.«

»Was?« Franzi nickte hektisch. »Ich bin gleich da.«

»Super. Marie ist auch schon unterwegs. Bis dann!«

»Warte! Wir sind in einer halben Stunde im Wasserschlösschen verabredet.«

Kim fluchte leise. »Das hätte ich beinahe vergessen. Ich sag Meri Bescheid, dass wir heute nicht können.«

»Gut. Bis gleich.«

Franzi lief zur Halfpipe, in die Blake gerade mit seinem Rolli einfuhr. »Ich muss dringend weg.«

Blake zurrte seinen Helm fest und grinste schief. »Die Detektivarbeit ruft, nehme ich an?«

»Genau.« Franzi gab ihrem Freund einen Kuss auf die Wange. »Ich ruf dich heute Abend an, okay?«

»Alles klar«, sagte Blake. Er zögerte. Dann murmelte er mit trauriger Miene: »Nein. Doch nicht.«

Franzi sah Blake erschrocken an.

Er zwinkerte. »Ich brauche erst einen Kuss. Einen richtigen!«

Franzi kicherte und warf sich in seine Arme. Mit einem leisen Klacken stießen ihre Schutzhelme gegeneinander, dann versanken sie in einem langen, zärtlichen Kuss.

Eine Viertelstunde später stand Franzi mit Marie und Kim im Salon der Villa vor dem Fenster. Isolde Schneider saß in einem der Ledersessel und hielt eine Tasse Tee mit beiden Händen umfasst. Sie nickte Franzi stumm zu.

»Die Statue war heute Mittag noch auf der Fensterbank. Gegen drei Uhr hat Isolde Schneider dann ihr Verschwinden bemerkt«, sagte Kim. »Marie und ich haben uns die Türen und Fenster angesehen. Es gibt keine Einbruchspuren.«

»Der Einhorn-Geist! Er hat sich sein Horn geholt!«, rief Isolde Schneider plötzlich. Sie stellte die Tasse ab und zog ihre bunte Häkelstola fester um den schmalen Oberkörper. »Vielleicht wird jetzt alles gut?«

Anita Schneider lief zu ihrer Schwester und legte ihr die Hand auf die Schulter. »Isolde, ich kann das mit dem Einhorn-Geist nicht glauben.«

»Ich auch nicht«, sagte Kim mit fester Stimme.

»Wer sollte es sonst gewesen sein?« Isolde stand auf. »Es war der Geist. Das Licht war gestern und vorgestern wieder im Garten.«

»Aber warum haben Sie uns denn nicht gleich angerufen?«, fragte Franzi.

Anita Schneider knetete ihre Hände. »Isolde wollte in Ruhe Kontakt mit dem Geist aufnehmen. Sie wollte herausfinden, ob es Onkel Eduard oder doch das Einhorn ist.«

Franzi schüttelte unmerklich den Kopf. »Und?«

Isolde seufzte. »Ich habe all meinen Mut zusammengenommen und bin in den Garten gegangen. Aber das Licht verschwand jedes Mal ganz schnell wieder. Der Geist will nicht kommunizieren!« Sie zuckte mit den Schultern. »Ich muss meine Mitte wiederfinden. Bitte entschuldigt mich, ich gehe meditieren.« Leise schlurften die Sohlen ihrer Seidenpantoffeln über das Parkett, als sie den Raum verließ.

Kim wuschelte sich durch die Haare. »Die Frau mit dem Auto und der Kamera.«

»An die habe ich auch sofort gedacht«, sagte Franzi.

Anita Schneider zog irritiert eine Augenbraue hoch.

»Die Frau mit den dunklen halblangen Haaren«, meinte Kim. »Sie stand am Samstag draußen auf der Straße vor dem Auto. Erinnern Sie sich? Hat sie vielleicht Kontakt zu Ihnen aufgenommen?«

Frau Schneider schüttelte den Kopf. »Nein. Bei uns ist seit Wochen niemand gewesen.«

Kim zog hastig ihr Handy hervor. »Ich rufe Kommissar Peters an. Ich will jetzt endlich wissen, was er herausgefunden hat.« Sie schnaubte. »Wenn er sich überhaupt um die Sache gekümmert hat.«

Kim presste das Handy an ihr Ohr. Anita Schneider sah verdattert von einem Mädchen zum anderen.
»Kommissar Peters!«, rief Kim. »Gut, dass ich Sie endlich erreiche.« Sie holte tief Luft, um dann herauszusprudeln: »Ich rufe wegen des Wagens mit der Überwachungskamera an. Haben Sie etwas zu der Frau herausgefunden? Aus der Villa ist jetzt tatsächlich etwas gestohlen worden. Diese Frau hat womöglich etwas damit zu tun!«
Angespannt beobachtete Franzi, wie Kim zuhörte. Ihre Augen wurden immer größer. »Aber …«, begann sie, um gleich wieder zu verstummen und erneut zu lauschen. »Ja. Gut«, sagte sie schließlich und drückte das Gespräch weg.
»Was ist?«, fragte Marie aufgeregt.
Kim schnappte nach Luft. »Peters meinte, dass alles seine Ordnung habe. Die Polizei kümmere sich um die Sache. Wir sollten uns da raushalten. Und wenn etwas aus der Villa gestohlen worden sei, sollten die Besitzer Anzeige erstatten.«
»Ich fasse es nicht!«, platzte Franzi heraus. »Er hat dich voll auflaufen lassen.«
»Ihr kennt einen Kommissar bei der Polizei?«, fragte Anita Schneider. Sie schien sichtlich beeindruckt.
Kim nickte. »Ja. Allerdings scheint er im Augenblick keine Hilfe zu sein.«
»Wir kommen auch ohne ihn zurecht«, sagte Franzi. »Das haben wir oft genug bewiesen.«
»Das stimmt.« Kim sah Anita Schneider an. »Ist es in Ordnung, wenn wir hier nach Spuren suchen?«
Frau Schneider lächelte. »Natürlich.«
Kim holte das Fingerabdruckset aus ihrem Rucksack und be-

gann vorsichtig, den Rand der Fensterbank mit Grafitpulver einzupinseln.

Anita Schneider sah skeptisch zu.

»Wir machen nachher wieder sauber, wenn wir Abdrücke gesichert haben«, versprach Kim, runzelte aber im nächsten Moment die Stirn. »Da ist nichts.« Sie pinselte hastig weiter. »Hier auch nicht. Kein einziger Fingerabdruck. Das kann doch nicht sein. Es müssten wenigstens ein paar Abdrücke zu finden sein, von Ihnen oder Ihrer Schwester. Aber die Flächen sind wie frisch abgewischt.«

»Ach ja«, sagte Anita Schneider. »Das hatte ich ganz vergessen. Unsere Zugehfrau war heute Vormittag da. Wahrscheinlich hat sie auch die Fensterbank geputzt.«

Kim erstarrte. »Also ist doch jemand hier gewesen. Die Putzfrau! Sie könnte die Statue genommen haben.«

»Niemals. Frau Rösner ist absolut vertrauenswürdig. Sie hat schon seit Jahren für Onkel Eduard gearbeitet.« Frau Schneider strich über ihre Bernsteinkette. »Außerdem meine ich mich zu erinnern, dass ich die Statue noch hier im Fenster gesehen habe, als ich Frau Rösner verabschiedet habe.«

»Wie auch immer«, sagte Kim ruhig. »Es wäre sehr wichtig, dass wir mit ihr reden. Es könnte ja auch sein, dass ihr etwas Ungewöhnliches aufgefallen ist. Sagen Sie uns bitte, wo sie wohnt.«

Anita Schneider seufzte. »Drei Straßen weiter, im Veilchenweg 3. Aber ich bitte euch: Ich möchte keinesfalls, dass Frau Rösner den Eindruck bekommt, ich würde sie verdächtigen!«

»Das werden wir auf alle Fälle beachten«, beruhigte sie Kim. Sie packte das Fingerabdruckset zurück in den Rucksack.

Franzi räusperte sich. »Frau Schneider, bitte überlegen Sie noch einmal genau, ob nicht doch noch weitere Personen hier waren.«

»Oder ob Sie jemand auf die Statue angesprochen hat«, fügte Kim hinzu. »Sie war von der Straße aus ja gut im Fenster zu sehen.«

Anita Schneider kniff die Augen zusammen und schien scharf zu überlegen. Dann schüttelte sie den Kopf. »Nein, sonst war niemand da. Wir wurden auch nicht angesprochen.«

»Gut.« Kim kratzte sich an der Nase. »Wie wertvoll ist das kleine Einhorn eigentlich?«

»Das weiß ich ehrlich gesagt überhaupt nicht.« Sie seufzte und lief zu einem Tischchen, auf dem mehrere gerahmte Fotografien standen. Sie nahm eine davon in die Hand. »Die Statue hat Onkel Eduard viel bedeutet. Ob sie, in Geld gemessen, wertvoll ist, weiß ich nicht.«

Franzi trat hinter Anita Schneider und betrachtete das Foto. Es zeigte einen vielleicht vierzigjährigen Mann mit markantem Kinn, der einen Nadelstreifenanzug trug und an einem imposanten Schreibtisch saß. Ernst blickte er in die Kamera. Im Vordergrund, neben einem altmodischen Telefon mit Wählscheibe, war die kleine Einhornstatue auf ihrem Podest zu sehen.

»Ach, Onkel Eduard«, flüsterte Anita Schneider dem Mann auf dem Foto zu. »Dass die Einhornfigur aus dem Mittelalter stammt, konnte ich jedenfalls nie so recht glauben.«

»Vielleicht können Meri und Sophie Alter und Wert der Skulptur einschätzen«, fiel Franzi plötzlich ein. »Sie studieren doch Kunstgeschichte.«

»Einen Versuch ist es wert«, stimmte Kim zu.
Frau Schneider nickte schweigend.
Franzi zog das Smartphone hervor, fotografierte die Einhornfigur vom Foto ab und schickte eine Nachricht an Meri.
Bereits wenige Minuten später brummte Franzis Handy.
»Die sind ja fix«, murmelte sie und las vor: *»Schönes Stück! Wahrscheinlich Rokoko, 1720 bis 1780. Aber den Wert können wir nicht schätzen. Wir fragen unseren Prof. Bis gleich. Liebe Grüße, Meri.«*
»1720 bis 1780«, wiederholte Anita Schneider leise. »Soso. Ich hab doch geahnt, dass das mit dem Mittelalter nicht stimmen konnte.« Sie stellte das Foto wieder auf dem Tischchen ab.
Franzis Handy gab erneut ein Brummen von sich. Meri hatte wieder geschrieben:

Definitiv Rokoko. Der Wert ist leider mit Foto kaum zu schätzen. Wo habt ihr die Skulptur her? Prof. Gercke könnte vorbeikommen und sie ansehen.
Bis nächste Woche, LG, Meri

»Sie können den Wert nicht schätzen«, murmelte Franzi enttäuscht. »Aber dieser Professor wäre sogar extra vorbeigekommen, um sie sich anzusehen, wie nett.« Franzi tippte eine Antwort:

Vielen Dank! Die Statue ist leider gestohlen worden, aus einer Villa im Ostviertel. Wir suchen sie. Bis nächste Woche dann! LG, Franzi.

Umgehend kam Antwort von Meri:

Ihr seid ja echt viel beschäftigt! Viel Glück!

Marie sah auf die große Wanduhr mit dem goldenen Pendel. »Ich habe noch fast eine Stunde Zeit, bevor ich zum Gesangsunterricht muss. Was meint ihr, sollen wir bei Frau Rösner vorbeigehen und sehen, ob sie da ist?«
»Klar«, sagte Franzi sofort.
Auch Kim stimmte zu.
Anita Schneider setzte sich mit erschöpftem Gesichtsausdruck in einen der Ledersessel. »Ich weiß nicht, ob sie noch da ist. Frau Rösner wollte mit ihrem Sohn für ein paar Tage zu ihrer Schwester fahren.«
Kim schulterte ihren Rucksack. »Wir probieren es einfach.«
Sie verabschiedeten sich von Frau Schneider und versprachen, sich sofort zu melden, wenn es etwas Neues gab.
»Hoffentlich haben wir Glück«, sagte Marie, als sie in den Veilchenweg einbogen.
Vor einem der schmalen, zweistöckigen Reihenhäuser stand ein Kleinwagen mit geöffnetem Kofferraum. Eine Frau mit rotblondem Haar lud gerade eine Reisetasche ein.
»Das könnte sie sein!«, rief Kim und beschleunigte ihre Schritte.
»Entschuldigen Sie bitte, sind Sie Frau Rösner?«, rief Marie von Weitem.
Die Frau richtete sich auf und sah die Mädchen erstaunt an. »Ja, die bin ich.« Sie schlug den Kofferraumdeckel zu und öffnete die Fahrertür. »Was gibt es denn?«

Kim räusperte sich und stellte sich, Marie und Franzi vor. »Wir kommen gerade von Anita und Isolde Schneider«, erklärte sie. »Sie arbeiten für die beiden, richtig?«

Frau Rösner nickte verwirrt. »Ja. Warum fragt ihr?«

»Eine kleine Einhorn-Statue ist aus der Villa verschwunden.«

Die Frau riss die Augen auf. »Wie bitte? Die kleine Figur, die Isolde Schneider im Salon ins Fenster gestellt hat? Die Herrn Schneider so viel bedeutet hat?«

Marie nickte. »Sie ist seit heute Nachmittag nicht mehr da.« Sie wechselte einen schnellen Blick mit Kim und Franzi. »Wir wollten fragen, ob Ihnen, äh, vielleicht etwas aufgefallen ist.«

»Nein. Sie stand definitiv da, als ich gegen halb drei gegangen bin.« Frau Rösner klimperte mit dem Autoschlüssel. »Es tut mir wirklich leid. Ich kann euch dazu auch nichts sagen. Ich bin übrigens sehr in Eile. Wir haben zwei Stunden Fahrt vor uns und müssen vor 18:00 Uhr im Krankenhaus sein. Der kleine Sohn meiner Schwester liegt dort mit gebrochenem Bein. Louis und ich haben versprochen, ihn zu besuchen.«

Erst jetzt bemerkte Franzi den drei- oder vierjährigen Jungen, der auf dem Rücksitz saß und eine kleine Tasche umklammert hielt. Sie winkte ihm zu, woraufhin der Junge anfing zu lächeln und zurückwinkte.

»Louis hängt sehr an seinem Cousin. Wir wollen pünktlich im Krankenhaus sein«, sagte die Frau gehetzt. »Entschuldigt mich bitte. Wir müssen sofort losfahren.« Plötzlich hielt sie inne und sah die drei !!! entsetzt an. »Moment mal. Jetzt verstehe ich! Glauben Anita und Isolde Schneider etwa, dass ich die Figur gestohlen habe?«

»Ähm, nein!«, rief Marie sofort. »Auf keinen Fall. Aber wir

würden gerne von Ihnen wissen, ob Sie eventuell etwas beobachtet haben.«

Frau Rösner sah Marie zweifelnd an. »Wir können gerne nächste Woche sprechen, wenn Louis und ich wieder da sind. Und zwar in Gegenwart von Anita und Isolde Schneider. Ich rufe sie an. Jetzt entschuldigt mich bitte, einen schönen Abend noch.«

Die rotblonde Frau stieg ein, schlug die Tür zu und gab Gas. Zügig steuerte sie das Fahrzeug auf die Straße.

»Das ist jetzt nicht gerade optimal gelaufen«, murmelte Franzi. »Ich glaube, Frau Rösner hat die Statue nicht gestohlen. Sie kam mir ehrlich entsetzt vor.«

Marie warf ihre Haare in den Rücken. »Sie könnte auch einfach eine gute Schauspielerin sein.«

»Lasst uns kurz in die *Chocolaterie* gehen«, schlug Kim vor. »Das ist gerade alles etwas verwirrend für mich. Ich brauche dringend was Süßes als Nervennahrung.«

Franzi und Marie waren sofort einverstanden.

Unheimlicher Besuch

»Es ist schon wieder etwas passiert!«, drang Kims aufgeregte Stimme durchs Telefon. »Ein verwirrter Mann ist bei den Schneider-Schwestern aufgetaucht und das Einhorn hat den Glaspavillon im Garten verwüstet.«
Franzi presste das Handy ans Ohr. »Wie bitte?« Sie schüttelte ungläubig den Kopf. »Ist alles klar bei dir?«
»Anita Schneider hat gerade angerufen. Ich hab's auch nicht so ganz verstanden. Jedenfalls sind sie und ihre Schwester sehr aufgeregt. Wir müssen zu ihnen.«
Franzi zögerte nur für einen winzigen Moment, dann hängte sie das Zaumzeug wieder zurück in den Spind. Der Donnerstagmittag war eigentlich immer für einen ausgedehnten Geländeritt mit Tinka reserviert. Heute musste er ausfallen. Die Detektivarbeit ging vor! Franzi schlug die Tür der Sattelkammer zu. »Ich fahre sofort los«, versprach sie Kim.
Als der Bus zwanzig Minuten später die Haltestelle im Ostviertel erreichte, warteten Kim und Marie bereits auf sie.
»Super, dass es auch bei dir so schnell geklappt hat«, sagte Kim. »Anita Schneider war vorhin wirklich total aufgelöst.«
Schnell gingen sie die Allee hinunter.
Franzi kickte einen kleinen Stein zur Seite. »Ich blicke langsam überhaupt nicht mehr durch. Jetzt taucht auch noch ein verwirrter Mann auf.«
»Hat er den Glaspavillon verwüstet?«, wollte Marie wissen.
Kim zuckte mit den Schultern. »Das hat Frau Schneider nicht gesagt. Aber wir wissen hoffentlich gleich mehr.«

Anita Schneider wartete in der Eingangstür der Villa. Als sie die drei !!! sah, drückte sie den Toröffner für die Einfahrt. »Achtet bitte darauf, dass das Tor geschlossen ist!«, rief sie den Mädchen zu und sah sich ängstlich um. »Nicht, dass dieser Mann zurückkommt und hier einfach reinläuft.«
Franzi zog das Tor fest hinter sich ins Schloss und betrat das Anwesen mit klopfendem Herzen.
»Was war das für ein Mann?«, fragte Kim, als sie in den Flur kamen.
Anita Schneider zog ihre weite Strickjacke mit den Fledermausärmeln eng um sich. »Ein ganz merkwürdiger Mensch. Ich dachte zuerst, er sei Bibelverkäufer, weil er ein kleines Buch hochgehalten hat. Ich habe ihm zugerufen, dass wir keine Haustürgeschäfte machen. Aber dann fing er an, wirres Zeug zu reden: Er hätte eine sensationelle Entdeckung gemacht. Deswegen wollte er sich bei uns im Haus umsehen.«
Frau Schneider führte die drei !!! in den Salon. »Ich lasse doch keinen Wildfremden in die Villa«, fuhr sie fort. »Ich habe ihn natürlich weggeschickt. Er ist dann auch gegangen, aber meinte, wir sollten ihn unbedingt anrufen.«
»Sie haben den Mann also vorher noch nie gesehen?«, wollte Kim wissen.
»Nein!« Anita Schneider lief weiter ins Atelier und öffnete die Terrassentür.
»Wo ist Ihre Schwester denn?«, fragte Marie.
»Sie macht einen Beruhigungstee in der Küche.« Anita Schneider trat langsam auf die Terrasse hinaus. »Kurz nachdem der Mann gegangen war, gab es einen fürchterlich lauten Schlag im Garten. Und dann haben wir das hier entdeckt!«

Franzi riss die Augen auf. Eine Hälfte des kleinen Glaspavillons im hinteren Teil des Gartens war völlig zerstört. Inmitten von zerborstenem Glas und gesplitterten Holzbalken sah das Hinterteil einer großen bronzenen Pferdestatue hervor.
Sie näherten sich vorsichtig dem zertrümmerten Pavillon.
Als sie wenige Schritte davon entfernt waren, sog Marie scharf die Luft ein. »Das ist eine Einhorn-Statue. Die war mir gar nicht aufgefallen.«
»Sie war von Efeu bedeckt, ich hatte sie auch schon ganz vergessen«, flüsterte Anita Schneider. »Ausgerechnet diese Skulptur ist gefallen. Isolde sagt, es war der Einhorn-Geist …«
Franzi fröstelte. Aus der Nähe war zu erkennen, dass sich das lange Horn der Skulptur tief in den Holzboden des Pavillons gebohrt hatte.
Kim besah sich die Hinterhufe der Skulptur. »Jetzt wird es kriminell«, zischte sie. »Jemand muss die Schrauben gelockert haben, mit denen die Hufe auf dem Sockel befestigt waren. Da sind frische Kratzspuren von einem Werkzeug.« Sie deutete zu einem Steinquader direkt neben der Skulptur und dann wieder zu den Hinterbeinen.
Franzi beugte sich vorsichtig darüber. In beiden Hufen steckte je eine verbogene dicke Schraube.
»Die Statue war durch die losgedrehten Schrauben instabil und musste irgendwann einfach nach vorne kippen«, stellte Kim fest.
»Sie hätte jemanden erschlagen können«, wisperte Marie.
Anita Schneider erschauerte. »Zum Glück nutzen wir den Pavillon nicht. Der Boden war schon zu Onkel Eduards Zeiten völlig morsch und drohte einzubrechen.«

»Hat das dieser seltsame Mann gemacht, der vorhin hier war?«, fragte Marie.

»Ich habe das Tor nicht aufgemacht«, sagte Anita Schneider. »Er kann nicht in den Garten gelangt sein.«

»Es ist dennoch ein sehr merkwürdiger Zufall, dass er auftaucht und dann unmittelbar danach die Statue umkippt.«

Kim knetete ihre Lippe. Plötzlich hellte sich ihre Miene auf. »Frau Schneider, Sie sagten vorhin, der Mann habe Sie gebeten, ihn anzurufen.«

Die alte Dame nickte.

»Dann hat er Ihnen seine Telefonnummer dagelassen?«, fragte Kim gespannt.

»Er hat seine Visitenkarte in den Briefkasten geworfen.«

»Bitte zeigen Sie sie uns!«, rief Marie.

Anita Schneider zuckte mit den Schultern. »Sie liegt noch drin.«

»Wenn Sie mir den Briefkastenschlüssel geben, hole ich sie schnell heraus«, bot Kim an.

»Mein Bund liegt im Flur«, sagte Frau Schneider.

Während Kim sich den Schlüssel geben ließ, gingen Marie und Franzi in den Salon.

Isolde Schneider begrüßte sie mit blassem Gesicht. »Es ist schrecklich, nicht wahr?« Sie räumte zwei große, gerollte Pläne von dem Tischchen in der Sitzecke und legte sie auf einer Kommode ab. »Anita hält immer noch an den Umbauplänen fest«, erklärte sie. »Nächste Woche soll der Architekt sich alles ansehen.« Während sie Tassen, Unterteller und kleine Löffel auf dem Tischchen verteilte, murmelte sie: »Wir sollten das sein lassen. Wir werden hier nicht glücklich.«

Franzi setzte sich. »Lassen Sie sich nicht einschüchtern. Wir werden herausfinden, wer hinter diesem Spuk steckt!« Sie wechselte einen unsicheren Blick mit Marie.
»Einen Geist werdet ihr nicht mit Handschellen aufhalten«, entgegnete Isolde Schneider. Sie setzte sich und ihr Blick ging in die Ferne.
Kim kam mit Anita Schneider in den Salon. Ihre Wangen waren gerötet. Sie starrte verwirrt auf die Visitenkarte in ihrer Hand, bevor sie sie auf den Tisch vor Franzi und Marie legte.
»Das ist unglaublich. Es war Prof. Dr. Emmanuel Gercke.«
Franzi brauchte einen Moment, um zu verstehen. »Emmanuel Gercke«, wiederholte sie. Dann fiel es ihr ein. »Der Professor von Meri und Sophie, der heißt so, oder?«
Kim ließ sich auf einen Ledersessel fallen. »Ganz genau.«
Die beiden alten Damen sahen die drei !!! irritiert an.
»Der Mann, der diese Visitenkarte dagelassen hat, war der sehr groß, schlank, Mitte fünfzig, und trug er vielleicht einen grauen Mantel?«, wollte Kim wissen.
Anita Schneider nickte. »Ja.«
»Und er hatte ein kleines Buch bei sich, sagten Sie. War es dunkelrot?«
»Ja, woher weißt du das?«
Bevor Kim antworten konnte, platzte Franzi heraus: »Das Tagebuch! Der Professor hat das alte Buch, das Meri und Sophie die ganze Zeit suchen.«
»Er hat aber behauptet, dass er es nicht gesehen hat«, meinte Kim. »Und jetzt taucht er damit ausgerechnet hier auf. Das ist doch vollkommen verrückt.«
»Allerdings«, sagte Franzi. Sie massierte sich die Schläfen.

»Und ich sag euch jetzt mal etwas noch Verrückteres: Was, wenn der Prof das mit der Wunderkammer auch in dem Tagebuch gelesen hat und darin noch weitere Hinweise gefunden hat … die hier zu dieser Villa führen!«

Kim schluckte. »Das wäre ein sehr großer Zufall.«

»Warum sollte es den nicht geben?«, beharrte Franzi. »Ich denke, Professor Gercke will hier nach der Wunderkammer suchen.«

»Wovon sprecht ihr?«, rief Anita Schneider dazwischen. »Was für eine Kammer soll das sein? Woher kennt ihr den unheimlichen Mann?«

Kim hob entschuldigend die Hände. »Wir erklären es Ihnen gleich. Aber jetzt müssen wir erst mal nachdenken.«

Franzi hüstelte. Ihr war in diesem Moment ein Verdacht gekommen. Sie zog ihr Smartphone hervor und rief das Bild der kleinen Einhorn-Figur auf, das sie Meri geschickt hatte. Das Wappen auf dem Sockel der Statue war in der Vergrößerung deutlich zu erkennen. Darin befanden sich drei verschlungene Buchstaben. Franzi entzifferte ein W, ein G und ein S. Sie trippelte nervös mit den Füßen auf dem Boden. »Meri hat erzählt, dass auf dem Einband des Tagebuchs ein Wappen mit Buchstaben abgebildet ist, richtig?«

»Ja«, sagte Kim. »Ein W, G und ein S. Warum willst du das wissen?«

»Also hab ich mich richtig erinnert«, murmelte Franzi. Ihr wurde siedend heiß. Sie schob das Handy mit dem Bild der Einhorn-Statue zu Kim rüber. »Dieses Foto haben wir Meri und Sophie geschickt und sie haben es auch dem Professor gezeigt. Auf dem Sockel ist ein Wappen mit genau den gleichen

Buchstaben wie auf dem Tagebuch. Es ist ein irrsinniger Zufall: Dem Schreiber des Tagebuchs muss die Einhorn-Statue einst gehört haben. Professor Gercke hat wohl eins und eins zusammengezählt. Er hat Meri beauftragt, zu fragen, wo die Statue her ist. Ich habe ihr geschrieben, dass sie aus der Schneider-Villa im Ostviertel gestohlen wurde ...«

»Somit musste er nur noch ein bisschen nachforschen, wo diese Villa genau liegt«, ergänzte Kim Franzis Satz. »Wahnsinn. Das war aber ein echt unglaublich glücklicher Zufall für den Professor.«

Franzi verzog das Gesicht. »Es ist total frech von ihm, dass er Meri und Sophie das Tagebuch geklaut hat und alleine auf die Suche gegangen ist. Zum Glück hat ihn Frau Schneider nicht in die Villa gelassen.«

Anita Schneider hob die Hände. »Bitte, Kinder, ich verstehe überhaupt nicht, um was es geht.«

Kim fasste mit ruhiger Stimme die Details zusammen und erklärte abschließend: »Wir glauben, dass sich in Ihrer Villa eine Wunderkammer befindet, also eine Art kleines naturhistorisches Museum mit vielleicht sehr wertvollen Artefakten.«

Anita Schneider stieß einen tiefen Seufzer aus. »Mädchen! Es gibt hier keine geheime Kammer. Davon hätte Onkel Eduard uns doch etwas erzählt.«

Franzi sprang auf. »Aber alles deutet darauf hin. Es muss in diesem Haus eine verborgene Kammer geben. Lassen Sie uns bitte danach suchen.«

Isolde Schneider sackte in sich zusammen. Sie wimmerte: »Ein Geist geht um und wir sind nicht mehr sicher. Und ihr wollt hier alles auf den Kopf stellen. Das halte ich nicht aus.«

»Ich verstehe Sie«, murmelte Kim. »Aber mein Bauchgefühl sagt mir, dass wir unbedingt nach der geheimen Wunderkammer suchen sollten. Ich kann nicht erklären, warum. Es ist einfach so.«

»Ich hätte eine Idee!«, rief Franzi. Sie deutete auf die gerollten Papiere, die Isolde Schneider vorhin auf der Kommode abgelegt hatte. »Sind das alte Grundriss-Pläne der Villa?«

Die geheime Wunderkammer

Detektivtagebuch von Kim Jülich
Donnerstag, 20:45 Uhr
Der »Einhorn-Spuk« nimmt kein Ende. Jemand ist sehr ausdauernd darin, Anita und Isolde Schneider in Angst und Schrecken zu versetzen. Jetzt ist auch noch eine kleine Einhorn-Statue verschwunden und bei einer großen Statue im Garten wurden die Schrauben gelockert, sodass sie in den Glaspavillon gekippt ist. Das ist alles ganz schön unheimlich und sehr verwirrend. Mich ärgert es total, dass wir bei keiner Spur, bei keinem Verdächtigen bisher vorangekommen sind. Große Hoffnung hatte ich auch auf das Hufeisen gesetzt. Aber es hat uns bislang kein Glück gebracht. Franzi hat noch mal bei dem Schmied nachgefragt, niemand hat sich bei ihm gemeldet ☹.
Und jetzt ist etwas vollkommen Verrücktes hinzugekommen: Durch einen Wahnsinns-Zufall sind wir darauf gestoßen, dass in der Villa von Anita und Isolde Schneider womöglich eine geheime Kammer verborgen ist, in der sich ein uraltes Naturalienkabinett befindet.
Wenn man die Sache rational angeht, dann scheint das alles überhaupt nicht zusammenzupassen und es könnte sein, dass wir uns gerade furchtbar verzetteln.
Aber: Mein Bauchgefühl sagt, dass diese Wunderkammer wichtig ist. Und deswegen werden wir uns morgen auf die Suche nach ihr machen! Zum Glück konnten wir Anita und Isolde Schneider von unserem Vorhaben überzeugen. Die beiden hatten zunächst befürchtet, wir würden bei ihnen alles auf den Kopf stel-

len. Franzi hatte dann die geniale Idee, auf alten Plänen mit dem Grundriss aller Zimmer der Villa nachzusehen. Die Wunderkammer war leider nicht eingezeichnet ;-). ABER: wir haben nach längerem, genauem Hinsehen einen wichtigen Hinweis darauf gefunden, dass es einen geheimen Raum geben könnte: Auf den Plänen ist das Treppenhaus sehr groß angelegt, in Wirklichkeit ist es aber viel kleiner und schmaler! Das legt den Verdacht nahe, dass es in der Nähe des Treppenaufgangs einen geheimen Raum gibt. Ich bin so gespannt!!! Leider war es gestern schon zu spät für die Suche und wir mussten unsere Detektivarbeit unterbrechen, um pünktlich zum Abendessen zu Hause sein.
Aber morgen um 17:00 Uhr geht es los! Wir haben alles gut geplant, einschließlich einer Notlüge für unsere Eltern, damit wir erst um 21:00 Uhr zu Hause sein müssen. Diese Flunkerei macht mich ja immer etwas nervös, aber manchmal geht es eben nicht anders. Offiziell sind wir also beim Siedler von Catan-*Spieleabend im Jugendzentrum …*
Anita Schneider ist jetzt sogar richtig froh, dass wir morgen Abend bei ihr und ihrer Schwester sind. Wir werden nämlich, parallel zur Suche im Haus, den Garten überwachen. Die Lichterscheinungen und Geräusche traten immer kurz nach Einbruch der Dämmerung bei den Tannen auf. Wir werden uns auf die Lauer legen und dann hoffentlich diesen Einhorn-Geist zu fassen kriegen. Ich will endlich wissen, was hinter dem ganzen Zauber steckt. Beziehungsweise vielmehr: WER?!?!

Marie knotete das Ende der dünnen schwarzen Schnur um den Stamm der letzten Tanne und richtete sich auf. »Fertig.« Sie wischte sich die Hände an ihrer Jeans ab. Ihr Blick blieb

kurz an dem Loch im Stamm hängen. »Mal sehen, ob wir das Einhorn fangen können.«
Franzi blickte zufrieden auf das Schnurgespinst, das sich, kaum sichtbar, knapp über dem Erdboden hinzog.
»Dann geht es jetzt in der Villa weiter.« Kim eilte zur Terrassentür.
»Schade, dass Meri und Sophie ausgerechnet heute auf Studienfahrt gegangen sind und nicht dabei sein können«, sagte Marie, während sie durch Isolde Schneiders Zimmer zum Salon liefen.
»Und wie«, stimmte Franzi zu. »Die beiden konnten kaum glauben, wie alles abgelaufen ist und dass der Professor sie so hintergangen hat. Meri meinte aber, dass sie zu uns absolutes Vertrauen haben und dass wir ohne sie nach der Kammer suchen sollen. Wir müssen sie nur gleich anrufen, wenn wir etwas gefunden haben.«
Kim nickte. »Ist doch klar!«
»Das im Garten wird nicht funktionieren«, murmelte Isolde Schneider, als die drei !!! den Salon betraten. »Geister bleiben nicht an Stolperdrähten hängen.« Sie saß in einem der Ledersessel und hatte sich eine Decke über den Schoß gelegt.
Anita Schneider blickte ihre Schwester besorgt an. »Vielleicht sollten wir ein paar Tage wegfahren. Bertram hat uns sein Haus auf dem Land für eine Auszeit angeboten.«
»Ich weiß nicht.« Isolde zögerte. »Im Moment fühle ich mich zu kraftlos für eine Reise.« Sie zog die Decke weg und stand auf. »Ich mache uns einen Stärkungstee.«
»Eine gewisse Stärkung könnte ich auch vertragen«, flüsterte Marie. Vielsagend sah sie ihre Freundinnen an.

Franzi und Kim verstanden sofort: Es war Zeit für ihren Powerspruch! Das Ritual hatten die Detektivinnen erfunden, um vor wichtigen Ermittlungsschritten eine Extraportion Energie zu tanken.

Die Mädchen stellten sich in der Mitte des Salons zusammen und legten ihre Hände aufeinander. Unter dem staunenden Blick von Anita Schneider sagten sie feierlich: »Die drei !!!.« Kim flüsterte: »Eins.« Franzi folgte mit: »Zwei!« und Marie sagte: »Drei!« Schließlich rissen sie die Arme in die Höhe und riefen gemeinsam: »Power!!!«

Sofort durchflutete Franzis Körper eine warme Energiewelle und sie fühlte sich leicht, frei und stark. Als sie in die Augen von Kim und Marie blickte, wusste sie, dass es ihren Freundinnen genauso ging. Die Wirkung ihres Powerspruchs war einfach magisch.

»Los geht's!«, sagte Kim. Sie warf einen Blick auf den Plan und dann auf das Bücherregal aus dunklem, massivem Eichenholz, das an der Wand neben der Tür stand.

»Hinter dieser Wand befindet sich das Treppenhaus. Ich nehme an, dass die Kammer zwischen ihm und dem Salon liegt. Der Zugang ist bestimmt hinter dem Regal.«

Sie liefen zu dem schweren Möbelstück. Anita Schneider folgte langsam.

Franzi betrachtete den Parkettboden vor dem Regal. Ihr Herz schlug schneller. Im Holzboden war eine feine, helle, geschwungene Linie zu sehen. Sie verlief in einem fast perfekten Viertelkreis. Das war eindeutig eine Schleifspur – an dieser Stelle musste es ein Teil im Regal geben, das sich bewegen ließ. Auch Kim und Marie hatten die verräterische Linie im Parkett wahrgenommen. Sie untersuchten die verzierten Leisten der Regalbretter. Leider tat sich bei den Versuchen, die Kanten zu verschieben oder einzudrücken, rein gar nichts.

»Mir fällt gerade etwas ein ...«, begann Anita Schneider.

Kim quiekte auf. Sie hatte auf eine Holzrosette gedrückt und ein Teil des Regals war aufgesprungen!

Anita Schneider schnippte mit dem Finger. »Ja, genau ...«

»Das ist die Hausbar von Onkel Eduard«, fügte Isolde Schneider hinzu, die den Raum mit einer Teekanne in der Hand wieder betreten hatte.

»Bitte?«, fragte Kim. Sie sah fassungslos auf eine Ansammlung von bunten Glasflaschen und Kristallgläsern, die sich im Raum hinter der Regalwand befand.

»Ich hatte es schon vergessen«, murmelte Anita Schneider. »Onkel Eduard fand es schick, seinen Gästen auf ganz besondere Art und Weise einen Drink anzubieten.«

Kim klopfte verzweifelt an die Rückwand des Hohlraums im Regal. »Vielleicht geht es dahinter weiter?«

»Da passt doch kein Mensch durch!«, rief Marie. »Mist.«

»Ich war mir absolut sicher«, sagte Kim enttäuscht.

»Gebt doch nicht so schnell auf«, sagte Franzi. »Vielleicht ist der Zugang zur Kammer anders versteckt. Denkt an die Tapetentür im Wasserschlösschen!« Sie lief langsam an der Wand entlang und sah hoch konzentriert auf die Tapete mit den goldenen und roten Längsstreifen auf weißem Grund. »Vielleicht finden wir hier auch so einen winzigen Türknopf.«

»Okay. Das könnte sein.« Kim kniff die Augen zusammen und begutachtete die Wand.

Auch die beiden Schwestern fingen an zu suchen.
»Marie!«, rief Franzi. »Hilf mal mit. Wir brauchen jedes Auge.«
»Hm«, machte Marie abwesend. Sie hatte die Hauspläne vor sich auf dem Tischchen ausgebreitet. »Die sind nicht gleich«, murmelte sie. »Auf dem einen Plan ist das Treppenhaus ein Stück weiter hinten eingezeichnet. Da befindet es sich nicht auf der Höhe des Salons, sondern auf der Höhe vom Arbeitszimmer.«
»Was?« Kim rannte zu Marie. Mit hochroten Wangen verglich sie die Pläne. Dann eilte sie in den Flur hinaus. Sekunden später stürzte sie zurück in den Salon. »Es stimmt. Der Treppenaufgang ist neben dem Arbeitzimmer, also dem Atelier von Frau Schneider. Dass mir das nicht aufgefallen ist!«
»Jetzt wissen wir es ja.« Franzi lief durch die Flügeltür, die in Isolde Schneiders Zimmer führte.
An der Wand, hinter der das Treppenhaus lag, stand nur der zierliche Schreibtisch mit dem Klappstuhl. Franzi ließ ihren Blick aufmerksam über die dunkelblaue Brokattapete mit dem Rankenmuster gleiten. In dem Moment, als die anderen den Raum betraten, entdeckte sie zwei feine Fugen im Muster. Sie verliefen parallel, in einem Abstand von etwa einem Meter senkrecht von der Decke bis zur Bodenleiste.
»Da!«, rief Franzi.
Kim stürzte zur Wand. »Das könnte eine Tapetentür sein.«
»So was«, flüsterte Isolde. »Ich dachte immer, die Bahnen seien unsauber verklebt worden.«
Kim klopfte gegen die Fläche zwischen den Fugen. Ein hohles Geräusch erklang. »Da ist definitiv etwas.«

Franzis Herz fing an zu rasen. Fieberhaft besah sie das Brokatmuster. »Wo ist der Türknopf?«

Sie suchten zu fünft die Tapete ab. Nichts fand sich.

»Das gibt's doch nicht!« Kim drückte an verschiedenen Stellen gegen die Fläche. Die Versuche blieben erfolglos.

Franzi biss sich auf die Lippe. »Wie funktioniert das Ding?« Sie scannte erneut die gesamte Wand. Da war nichts. Plötzlich blieb ihr Blick an den beiden Lichtschaltern neben der Tür hängen. Franzi blickte zur Deckenlampe hoch. Sie suchte nach einer weiteren Lampe, konnte jedoch nur eine Steh- und die Schreibtischleuchte ausfindig machen. Beide waren mit Kabeln an Steckdosen angeschlossen. »Warum sind da zwei Schalter?«, fragte sie und lief hin.

»Der untere hat keine Funktion«, sagte Anita Schneider. »Ich nehme an, da war mal ein zweiter Deckenleuchter ...«

»Drück ihn!«, rief Kim aufgeregt.

Franzi presste ihren Finger auf den Schalter.

»Etwas hat hinter der Wand geknackt«, meinte Kim im selben Augenblick. Sie legte ihre Hand dagegen. »Die Fläche lässt sich bewegen.«

Einen Sekundenbruchteil später schwang der Wandteil nach innen auf.

»Wow!«, war das Einzige, was Kim herausbrachte.

Alle eilten zu der Öffnung und drängten sich, um einen Blick hineinwerfen zu können.

Franzi stockte der Atem. Das gelbliche Licht zweier Deckenlampen beschien dutzende von Vitrinen, Regalen, Kästen und Schränkchen, die zum Teil an den Wänden, zum Teil frei im Raum standen. In den Vitrinen erkannte sie bunte Holzmasken, Federschmuck, Steinskulpturen, Speere, große chinesische Vasen und einen riesigen Kristall. Ein alter hölzerner Globus stand auf einer der Kisten, daneben baumelte ein aus silbernem Draht und Kork gefertigtes Modell der Planeten mit ihren Umlaufbahnen. Mehrere großformatige Ölgemälde waren auf Ständern präsentiert. Dazwischen glänzten Marmor- und Bronzeplastiken auf mit schwarzem Samt überzogenen Sockeln.

»Das ist definitiv die Wunderkammer«, sagte Kim ehrfürchtig. »Es sieht hier genauso aus, wie Meri und Sophie erzählt haben.«

Marie rümpfte die Nase. »Seht mal.« Sie zeigte auf einen Wandschrank, in dem dutzende von Gläsern mit einer trüben Flüssigkeit standen. Darin schwebten undefinierbare kleine Gegenstände.

Franzi trat näher heran. »Das sind eingelegte Tiere. Schlangen, Frösche und so.«

»Igitt.« Marie wandte den Blick ab und lief zu einer kleinen, offen stehenden Truhe. »Wow! Da sind lauter Goldmünzen drin.«

Isolde und Anita Schneider schwiegen und sahen sich mit großen Augen um.

»Faszinierend«, flüsterte Isolde schließlich. »Das hätte Onkel Eduard gefallen.«

»Wer weiß, wie viele Jahre diese Kammer nicht mehr betreten wurde«, murmelte Anita Schneider. »Und jetzt sind wir hier!« Kim sah nachdenklich auf zwei gepolsterte Stühle und einen Tisch mit gedrechselten Beinen, die in einer Ecke standen. »Ich glaube, der Raum ist vor gar nicht allzu langer Zeit genutzt worden.« Sie hob eine halb volle Wasserflasche auf, die unter dem Tisch gestanden hatte. »Die Marke gibt es aktuell zu kaufen.«

Anita Schneider schüttelte verwundert den Kopf.

Kim bückte sich erneut. »Und hier liegt ein Schal.« Sie faltete den gemusterten Seidenstoff auseinander. »Da ist ein Monogramm eingestickt: E.S.«

»Eduard Schneider!«, rief Marie. »Er ist hier gewesen!«

Kim gab Anita Schneider den Schal.

»Warum hat uns Onkel Eduard nie von der Kammer erzählt?«, fragte sie mit heiserer Stimme und sah den Schal an, als könne er eine Antwort geben.

»Vielleicht wollte Ihr Onkel ein Geheimnis haben«, meinte Marie, die gerade staunend an einer Reihe von Gemälden vorbeilief.

Kim sah auf ihre Armbanduhr. »Die Dämmerung müsste gleich einsetzen. Wir sollten uns in Position begeben. Ich geh vorher noch schnell auf Toilette.«

»Alles klar.« Franzi nickte. »Ich mach ein Foto von der Kammer und schicke es Meri und Sophie.«

»Super!«, rief Kim und verschwand.

Franzi wollte gerade ihr Handy aus der Hosentasche ziehen, als ihr einfiel, dass sie es im Salon auf dem Tisch liegen gelassen hatte. Sie flitzte in den Nebenraum und schnappte sich das Handy vom Tisch. Auf dem Rückweg sah sie kurz durch die Terrassentür nach draußen. Das letzte Sonnenlicht schwand gerade und die Dunkelheit begann sich sanft über den Garten zu legen. Plötzlich erstarrte Franzi. Bei den Tannen war ein schwaches blaues Leuchten zu sehen.

Ein Geständnis

Franzis Herz setzte für einen Moment aus, um dann doppelt so schnell weiterzuschlagen. »Der *Geist* ist da!«, rief sie über ihre Schulter zurück und ergriff eine der Taschenlampen, die sie neben der Terrassentür bereitgelegt hatten.
Sie schlüpfte nach draußen und rannte geduckt bis zu den Thuja-Bäumchen, die einen Teil der Terrasse begrenzten. Angespannt spähte sie zu den Tannen. Das Leuchten verstärkte sich und ein Wimmern setzte ein.
Franzi sah zum Haus zurück. Marie und Kim schlichen gerade nach draußen.
Plötzlich erklang ein erschrockener Ausruf und das blaue Licht beschrieb einen rasanten Bogen in der Luft. Ein dumpfer Aufprall folgte, das Leuchten verschwand.
Franzi schaltete ihre Taschenlampe ein und rannte los. Der miese Einhorn-Geist war in ihre Stolperfalle geraten, jetzt würden sie ihn fassen!
Für einen kurzen Moment war sich Franzi nicht mehr sicher, ob Marie in der Nähe der Villa ebenfalls ein paar Schnüre gespannt hatte. Sie hielt inne und leuchtete schnell auf den Boden. Nein, der Weg war frei. Kraftvoll sprintete sie wieder los. Im nächsten Augenblick spürte Franzi einen heftigen Aufprall an ihrer Stirn. Sie schrie auf. Sterne explodierten vor ihren Augen und ihre Knie gaben nach. Sie sackte vornüber ins Gras.
»Um Himmels willen«, hörte sie Marie hinter sich schreien.
Franzi rappelte sich auf. Sie fasste sich an die Stirn, auf der sich schnell ein heißer pochender Schmerz ausbreitete. Panisch

blickte sie sich um. Wo war der Angreifer, der sie niedergeschlagen hatte?
Etwas raschelte im Gras, Franzi erstarrte.
»Mensch, was machst du denn?« Kim kniete sich neben sie. »Zeig mal.«
Franzi schloss geblendet die Augen, während Kim den Lichtstrahl ihrer Lampe auf ihr Gesicht richtete.
»Das gibt eine dicke Beule.« Kim leuchtete nach oben. »Hast du den nicht gesehen?«
Franzi riss die Augen auf. Ungefähr anderthalb Meter über ihr befand sich ein armdicker Ast. Er wuchs aus einem Baum, der in knapp zwei Metern Entfernung stand.
»Ich hab kurz auf den Boden geschaut«, flüsterte sie.
»Da läuft jemand weg!«, rief Marie. »Den kriegen wir!«
Kim und Marie spurteten los.
Franzi sah zu den Tannen. Ein Schatten tauchte rechts von ihnen auf, duckte sich weg und verschmolz augenblicklich mit der Silhouette der Büsche am Zaun.
»Verdammt!« Kim blieb stehen und ließ den Strahl ihrer Lampe wild durch den Garten wandern.
Von der Terrasse her erklang Anita Schneiders besorgte Stimme. »Ist alles in Ordnung?«
»Ja!«, rief Franzi ihr zu. »Bitte gehen Sie einfach wieder ins Haus zurück.« Sie lief zu Kim und Marie.
Kim hielt ihren Finger vor den Mund und wies zu einem der großen Rhododendronbüsche, die nahe am Zaun zum Nachbargrundstück gepflanzt waren.
»Ich hab was gehört«, flüsterte Marie.
Kim nickte. »Irgendetwas hat gequietscht.«

Franzi ignorierte ihre pochende Stirn und ging langsam in die Knie. Sie bedeutete Kim und Marie, stehen zu bleiben.

Auf Ellbogen und Knien robbte Franzi auf den Busch zu. Sie lugte seitlich davon zum Zaun und hielt die Luft an. Dort stand eine Gestalt in einem dunklen Kapuzenpulli und einer dunklen Hose! Verblüfft sah Franzi, dass die Person einen Teil des schmiedeeisernen Zauns öffnete. Sie schaute in Kims und Maries Richtung und schlüpfte durch die entstandene Lücke.

Franzi sprang auf und war mit einem Satz am Zaun. »Halt, stehen geblieben!«, rief sie laut.

Kim und Marie waren sofort an ihrer Seite.

Die Gestalt drehte sich erschrocken um und ihr Gesicht wurde im Schein der Taschenlampen sichtbar.

»Carsten!«, sagte Marie fassungslos.

Franzi traute ihren Augen nicht. Vor ihnen stand tatsächlich der Freund von Julia Breuer.

Der junge Mann streifte sich die Kapuze vom Kopf und hob die Hände. Er biss sich auf die Lippen. »Ich glaube, ich muss etwas erklären.«

Auf der anderen Seite des Zauns flammte das Außenlicht der Terrasse vor Bertram Breuers Villa auf. Beinahe gleichzeitig schrie Anita Schneider von ihrer Terrasse aus: »Wo seid ihr, Mädchen?« Sie wandte sich zur Tür, in der ihre Schwester stand. »Isolde, da ist etwas passiert. Hol die Polizei!«

»Wir sind hier!«, rief Marie zurück. »Es ist niemandem etwas passiert.«

»Nein!« Bertram Breuer kam heftig atmend und gestützt auf Julia Breuer über den Rasen zum Zaun. »Bitte, keine Polizei. Ich kann alles erklären«, sagte er.

Kim stemmte die Arme in die Hüften. »Was geht hier vor sich?«, fragte sie.
Breuer tupfte sich die Stirn mit einem Taschentuch ab. »Ich wollte das Beste für Anita und Isolde. Ich wusste mir nicht anders zu helfen.«
»Wie bitte?« Franzi hatte einen furchtbaren Verdacht: Hatte der alte Mann den Verstand verloren? Sie tauschte einen alarmierten Blick mit Marie und Kim.
Anita Schneider kam über den Rasen zu ihnen gelaufen. »Bertram! Was ist hier los?«
Carsten und Julia sahen stumm vor sich auf den Boden. Julia knetete nervös ihre Hände.
»Anita, bitte. Hör mir zu. Das alles hat Carsten nur in meinem Auftrag gemacht. Den Jungen trifft keine Schuld.« Breuer fasste sich an den Kopf. »Dieser Einhorn-Geist. Das war Carsten. Ich hatte ihn darum gebeten ...« Er holte tief Luft, dann brach es aus ihm hervor: »Du und Isolde, ihr ruiniert euch finanziell mit eurem Esoterik-Projekt. Ich hab es euch bereits gesagt, als ihr mir von euren Plänen berichtet habt. Aber ihr wart für vernünftige Argumente nicht zugänglich. Eduard hätte niemals gewollt, dass ihr euch in ein solches finanzielles Risiko stürzt! Er wollte, dass ihr einen Lebensabend ohne Sorgen in dieser Villa verbringt. Nicht, dass ihr euch Geld bei der Bank leiht und einen großen Umbau macht.« Wieder tupfte sich Breuer den Schweiß von der Stirn. »Ihr habt einfach nicht auf meine Worte gehört. Aber ich musste die Katastrophe von euch abwenden. Das war ich Eduard schuldig. Also habe ich ...« Er stockte und fasste nach Julias Arm. »Ich habe Julia von meinen Sorgen berichtet. Und so

hat sich der Plan entwickelt. Ich, wir ... ich dachte, wenn ihr nicht auf mich hört ..., dann vielleicht auf den Geist eures Onkels.«

Anita Schneider stand wie vom Donner gerührt da. »Ich verstehe das nicht«, sagte sie tonlos.

Marie schlug mit der flachen Hand gegen eine der schmiedeeisernen Streben im Zaun. »Herr Breuer hat den ganzen Einhorn-Spuk mit Carsten und Julia zusammen inszeniert, weil er wusste, dass Sie daran glauben würden! Ich nehme an, Sie, Herr Breuer, kennen dieses Einhorn-Märchen, das Ihr Freund Eduard gerne erzählte.«

Breuer nickte stumm.

»Carsten hat die beiden Damen zu Tode geängstigt!«, brach es aus Kim hervor. »Wollten Sie sie wahnsinnig machen, oder was?«

»Nein, natürlich nicht!« Breuer räusperte sich. »Der Plan war, ähm, dass Anita und Isolde glauben, dass der Geist ihres Onkels sie vor der Villa warnt, sie ihre Idee fallen lassen und von hier wegwollen. Ich hätte ihnen dann geholfen, das Anwesen zu verkaufen und das Geld in eine schöne Seniorenwohnung zu investieren.«

Bertram Breuer wischte sich mit zittriger Hand über das Gesicht. »So war das.« Er sah Carsten an. »Vielleicht war es doch etwas zu viel, was du gemacht hast.«

Carsten zuckte mit den Schultern. »Es hat sich einfach so entwickelt. Vielleicht hätte ich das mit der großen Statue ...«

»Wo seid ihr?«, rief Isolde Schneider. Sie stand mit verängstigtem Gesichtsausdruck im Licht der Terrassenbeleuchtung und nestelte am Gürtel ihrer Tunika.

»Liebes, mach dir keine Sorgen«, antwortete ihre Schwester sofort. »Wir kommen gleich.« Sie sah Bertram Breuer und Carsten an. »Es ist unfassbar! Ihr kommt jetzt sofort mit und erklärt Isolde alles.«

»Natürlich«, flüsterte Bertram. »Anita, es tut mir leid! Es war falsch, was ich gemacht habe.«

»Diese Erkenntnis kommt reichlich spät«, zischte Marie.

Anita Schneider lief langsam zum Haus zurück.

Julia hakte ihren Großonkel unter und half ihm durch das Tor im Zaun. Carsten hob etwas vom Boden auf und folgte ihnen schweigend.

Die drei Detektivinnen gingen hinter Carsten. Franzi fühlte ein vollkommenes Chaos in ihrem Kopf. Das alles war einfach unglaublich!

Isolde Schneider sah die kleine Gruppe, die sich der Terrasse näherte, fragend an. »Du bist das, Bertram? Wo kommt ihr her und ...?«

»Wir gehen in den Salon«, unterbrach Anita Schneider ihre Schwester. »Wir sollten uns erst mal alle setzen.«

Als sie durch das Atelier liefen, zuckte Bertram Breuer zusammen. »Eduards Arbeitzimmer – es sieht ja jetzt völlig anders aus.« Sein Blick blieb an der Staffelei hängen, auf der ein neues Bild mit wilden Farbstrudeln stand. Er schüttelte unmerklich den Kopf und ging weiter. Plötzlich blieb er abrupt stehen. Er sah auf die Öffnung in der Wand mit der Rankentapete, als sei ihm gerade ein Einhorngeist erschienen.

»Was habt ihr gemacht?«, rief er entsetzt.

Julia und Carsten sahen verwirrt auf die offen stehende Wunderkammer.

»Wir haben diese Kammer vorhin entdeckt«, sagte Kim. »Wahrscheinlich existiert sie schon, seit die Villa erbaut worden ist.«
Breuer lief mit verdattertem Gesichtsausdruck weiter. Er warf Carsten einen hilflosen Blick zu.
Im Salon nahmen Isolde und Anita Schneider auf dem Sofa Platz, während Breuer, Julia und Carsten sich in die Ledersessel setzten. Die drei !!! ließen sich auf dem dicken weichen Teppich vor dem Sofa nieder.
Bertram Breuer wirkte abwesend. Seine Augenlider zuckten. Er fuhr sich mit einer hektischen Bewegung über die Stirn.
Anita Schneider knetete ihre Hände. »Bertram, erklärst du Isolde bitte, was passiert ist?«
Der alte Mann nickte und begann zu erzählen.
Isoldes Augen weiteten sich mit jedem seiner Sätze mehr. Franzi fürchtete, dass die alte Dame gleich ohnmächtig werden könnte.
Als Breuer fertig war, sah sie ihn völlig fassungslos an. »Du hast das alles getan, weil du dir Sorgen um uns gemacht hast? Das ist doch verrückt.«
»Wie haben Sie das alles inszeniert?«, fragte Anita Schneider. Sie sah Carsten mit einer Mischung aus Abscheu und Neugier an.
Carsten rutschte unruhig auf dem Sessel hin und her. »Das Leuchten stammte von dieser starken Lampe mit blauem Filter hier.« Er deutete auf den Boden, wo er eine große Taschenlampe abgelegt hatte. »Ich habe dazu Töne von meinem Handy abgespielt.« Er seufzte. »Ich habe gleich nach dem ersten Auftritt gemerkt, dass besonders Ihre Schwester stark

darauf reagiert. Dann aber musste ein richtiges Einhorn her, zur Verstärkung des Effekts. Ich habe mir das Pony meiner kleinen Schwester ausgeliehen. Der Stall ist nicht weit von hier. Ich konnte mit dem Pferdehänger direkt in die Einfahrt von Bertram fahren, habe das Tier mit einem Horn aus Pappmaschee verkleidet und es nach Einbruch der Dunkelheit rüber in den Garten geführt.«

»Aber davor hast du noch den Durchgang im Zaun eingebaut«, stellte Franzi fest.

Bertram Breuer schüttelte den Kopf. »Das musste er nicht. Das geheime Tor haben Eduard und ich schon vor langer Zeit installiert. Wir wollten uns schnell durch den Garten in unseren Arbeitszimmern besuchen können.«

Franzi blieb der Mund offen stehen. »So ist das also«, murmelte sie.

»Das mit dem Pony habe ich nicht wiederholt«, fuhr Carsten fort. »Es war alles sehr aufwendig. Außerdem habe ich gemerkt, dass meine Lichtauftritte danach vollkommen ausreichend waren, um für Unruhe zu sorgen.«

»Hast du eigentlich gemerkt, dass das Pony ein Hufeisen verloren hat?«, platzte Franzi heraus.

»Dann ist das tatsächlich an dem Abend passiert«, meinte Carsten. »Ich war mir nicht sicher. Meine Schwester war am nächsten Tag bei einem Turnier in Dreibach und hat erzählt, dass sie den Nothufschmied in Anspruch nehmen musste, weil plötzlich ein Eisen weg war.«

Die drei !!! nickten sich zu. »Kein Wunder, dass der Schmied von niemandem gehört hat«, sagte Kim.

»Wie bitte?«, fragte Carsten irritiert.

»Vergiss es. Erzähl bitte weiter«, forderte Marie ihn auf. »Du hast auch die Schrauben an der Einhorn-Statue gelockert, richtig?«
Carsten sah zu Boden. »Das war vielleicht etwas zu viel.«
Kim rappelte sich vom Teppich auf und begann unruhig hin- und herzulaufen. »Das war vor allem höchst gefährlich. Die Statue hätte jemanden erschlagen können.«
Carsten biss sich auf die Lippe. »Ich wusste aber, dass der Pavillon nicht genutzt wird. Die Tür war völlig mit Efeu zugewuchert.«
Kim blieb stehen und schüttelte stumm den Kopf.
»Ich kann einfach nicht glauben, dass erwachsene Menschen so etwas machen«, sagte Marie.
Julia Breuer, die bisher geschwiegen hatte, fuhr sich mit beiden Händen durch die Haare. »Es war falsch, das zu tun«, flüsterte sie.
»Es war mehr als falsch«, wiederholte Kim. »Es war kriminell!« Sie funkelte Carsten wütend an. »Du bist sogar in die Villa gegangen und hast die kleine Einhorn-Figur entwendet! Wie bist du ins Haus gelangt? Gibt's hier auch einen geheimen Zugang?«
Carsten runzelte die Stirn. »Wovon sprichst du?«
»Das weißt du ganz genau!«, rief Kim und verschränkte die Arme vor der Brust. »Sag schon: Was hast du mit dem kleinen Einhorn gemacht und wo ist der Zugang?«
»Meinst du die Alabaster-Statue von Eduards Schreibtisch?«, fragte Bertram Breuer überrascht.
»Genau die.«
Der alte Mann sah Carsten entsetzt an. »Du bist in die Villa

eingebrochen und hast die Statue gestohlen? Das hatten wir nicht besprochen. Das geht zu weit!«
»Ich bin doch nicht wahnsinnig!« Carsten sprang auf. »Ich schwöre, dass ich noch nie in dieser Villa hier war.«

Nichts wird bleiben

»Ich hab nichts mit dem Diebstahl dieser Figur zu tun«, beteuerte Carsten.

»Es war der Einhorn-Geist«, wisperte Isolde Schneider und fing an zu zittern. »Sie haben ihn mit diesen Aktionen geweckt.«

»Isolde, bitte!«, rief Anita Schneider ungehalten. »Der *Geist* steht hier vor dir und ist aus Fleisch und Blut.«

Kim räusperte sich. »Carsten, wo warst du vor zwei Tagen in der Zeit zwischen Mittag und drei Uhr nachmittags?«

»Am Mittwoch? Da hab ich von neun bis fünf im Burgerladen am Marktplatz gearbeitet.«

»Wir werden dein Alibi überprüfen«, stellt Kim nüchtern fest.

Carsten vergrub seine Hände in den Hosentaschen. »Macht das.«

Breuer zog erneut sein Taschentuch hervor und tupfte sich damit über die Stirn. Julia legte den Arm um den alten Mann. »Geht es dir nicht gut?«

»Es tut mir alles so leid«, sagte Bertram Breuer. Tränen glitzerten in seinen Augen. »Anita, Isolde, ich hoffe, ihr könnt mir verzeihen?«

Anita Schneider stand auf. »Ich muss das alles erst einmal verarbeiten.«

Bertram Breuer winkte Carsten zu sich. »Junge, hilf mir bitte mal auf.«

Ächzend zog er sich an Carstens Arm von der Couch hoch.

Seine Jacke verrutschte und er zupfte sie mit zitternden Händen umständlich wieder zurecht. Eine Zigarre rutschte aus der Brusttasche heraus, fiel zu Boden und rollte unter den Tisch. Breuer versuchte, sich danach zu bücken, gab den Versuch aber schnell auf. Schwankend und mit traurigem Blick sah er zu, wie Julia unter den Tisch kriechen und die Zigarre für ihn aufheben musste.

»Es ist ein Jammer«, murmelte Breuer mit gebrochener Stimme. »Man wird älter und älter. Die Freunde gehen. Alles verschwindet. Die Vergangenheit zerrinnt. Nichts wird bleiben. Nichts.«

Franzi schluckte.

Kim sah Breuer nachdenklich an, der sich die Zigarre mit zittrigen Fingern wieder in die Brusttasche steckte.

»Ich komme mit zur Tür.« Anita Schneider stand auf.

Julia und Carsten winkten den drei !!! knapp zu. Sie stützten Bertram Breuer von beiden Seiten, während sie Anita in den Flur folgten.

Isolde erhob sich. »Ich mache Tee. Wir sind vorhin gar nicht dazu gekommen, unseren Stärkungstee zu trinken.« Wie in Trance verließ sie den Raum.

Franzi ließ sich auf den weichen Teppich zurückfallen und sah zur Decke hoch. »Was für eine unglaubliche Geschichte.« Vorsichtig betastete sie die Beule an ihrer Stirn. Der Schmerz, der sofort einsetzte, verschaffte ihr Gewissheit, dass sie das alles nicht träumte.

Kim murmelte etwas Unverständliches vor sich hin.

»Was sagst du?«, fragte Marie.

»Die Zigarre«, sagte Kim.

»Was ist denn jetzt los?«
Kim gab keine Antwort, sie war bereits durch die Flügeltür ins Atelier geeilt.
Franzi und Marie folgten ihr.
Kim zog die Tür zur Wunderkammer auf und lief zu dem Tisch mit dem Aschenbecher. Nach einem kurzen Blick darauf sagte sie aufgeregt: »Seht ihr die Banderolen? Ein Stumpen hat eine goldene, der andere eine grüne Bauchbinde.«
»Die Zigarre in Breuers Brusttasche hat auch eine grüne Banderole!«, rief Franzi. »War er etwa hier drin?«
»Es sieht ganz danach aus.« Kim zupfte an ihrer Lippe. »Ich glaube, die Freunde Eduard und Bertram haben es sich hier mit ihren Zigarren gemütlich gemacht.«
»Aber er war doch überrascht, als er die Kammer gesehen hat«, warf Marie ein.
»Ich weiß nicht«, meinte Kim. »Ich denke, dass er nur so getan hat, als würde er die Wunderkammer nicht kennen.«
»Warum sollte er das machen?«, fragte Franzi. Sie stupste Marie an, die eine Reihe von Gemälden anstarrte und die Stirn runzelte. »Was denkst du?«
»Sorry«, sagte Marie. »Ich hab keine Ahnung. Das ist alles so seltsam. Und seltsam ist auch, dass ich das Gefühl habe, dass ich diese Bilder kenne.«
Kim trat neben Marie. »Also, ich habe diese Gemälde noch nie gesehen.«
Ein Schatten verdunkelte plötzlich den Eingang zur Kammer. Franzi drehte sich erschrocken um.
»Ach, hier seid ihr.« Anita Schneider lächelte erschöpft. »Möchtet ihr einen Tee mit uns trinken?«

»Sehr gerne«, antwortete Marie schnell, ohne den Blick von den Gemälden abzuwenden. »Wir kommen gleich, wir müssen nur noch etwas herausfinden.«

Anita Schneider lachte bitter auf. »Ihr habt doch schon so viel herausgefunden. Aber gut, bis gleich.«

Kim zog ihr Smartphone hervor und machte Fotos von den Bildern. »Wir könnten recherchieren …«

»Jetzt weiß ich es!«, rief Marie dazwischen. »Sie waren auf dem Laptop dieser Frau!«

»Was?! Bist du sicher?«, fragte Franzi.

»Ganz sicher. Das Blumenbild eindeutig und diese eine Landschaft auch. Ich bin absolut sicher, dass die Frau Fotos von genau diesen Kunstwerken angesehen hat.«

Franzi schwirrte der Kopf. »Tut mir leid. Ich kapiere überhaupt nichts mehr«, gab sie zu.

Kim bekam auf einmal rote Wangen. »Was, wenn die Frau die Villa überwacht hat, weil sie auf der Suche nach diesen Gemälden war? Und zwar nicht, weil sie sie stehlen wollte – sondern weil sie bereits gestohlen wurden.«

»Kim«, sagte Marie. »Ich weiß nicht, was du damit meinst.«

»Sie könnte eine verdeckte Ermittlerin sein, diese Bilder sind Diebesgut und sie ist ihnen auf die Spur gekommen«, vermutete Kim. »Und: Kommissar Peters weiß Bescheid, deshalb hat er so herumgedruckst und wollte uns keine Auskunft geben. Es war so dermaßen auffällig, dass er sich nicht mehr bei uns gemeldet hat.«

Marie blieb der Mund offen stehen.

»Das wäre total verrückt«, sagte Franzi.

»Aber möglich«, flüsterte Marie.

Kim tippte auf ihr Handy. »Ich rufe Peters an.« Irritiert sah sie aufs Display. »Ich hab nur ein ganz schwaches Netz.«

Sie lief aus der Kammer heraus ein Stück in Richtung der Terrassentür. Franzi und Marie folgten ihr und warteten gespannt.

Kim nickte. »Hier geht's.«

Das Freizeichen erklang durch den eingeschalteten Lautsprecher. Franzi hielt den Atem an. Würde der Kommissar überhaupt rangehen?

Im nächsten Moment erschallte Peters' Stimme. »Kim Jülich. Was gibt es?«

Kim hüstelte. »Eine Frage: Die Halterin des Fahrzeugs mit der Kamera, die Sie hier im Ostviertel überprüfen wollten ... ermittelt sie in einem Fall von gestohlenen Kunstwerken?«

Franzi hörte den Kommissar nach Luft schnappen. Dann herrschte Funkstille.

»Hallo?«, sagte Kim verunsichert. »Herr Kommissar?«

Im nächsten Moment begann Peters sehr laut zu sprechen: »Ich hatte ausdrücklich gesagt, dass ihr eure Finger von dieser Sache lassen sollt. Ich werde einen Teufel tun und euch Auskunft erteilen – und wenn du mich täglich drei Mal anrufst.«

Kim verdrehte die Augen. »Wir stehen gerade vor genau den Gemälden, von denen diese Frau Fotos auf ihrem Laptop hat. Die Kunstwerke befinden sich in der Villa, die sie überwacht hat.«

»Wie bitte?«, rief der Kommissar mit heiserer Stimme.

Ein lauter Schlag in der Leitung ließ Kim zusammenzucken.

»Bist du noch dran?«, war Peters' Stimme kurz darauf wieder zu hören. »Mir ist das Telefon aus der Hand gefallen.«

»Ich bin da«, antwortete Kim. »Darf ich aus Ihrer Reaktion schließen, dass ich mit meiner Vermutung richtigliege?«

Der Kommissar fluchte leise: »Verdammt, ja. Und jetzt verlasst ihr sofort dieses Haus und wartet auf der Straße. Ich komme mit meinen Leuten.«

Grußlos wurde das Gespräch weggedrückt.

»Warum sollen wir das Haus verlassen?«, fragte Franzi. »Ich friere mir draußen doch nicht den Hintern ab, bis der Kommissar endlich kommt.«

Kim zuckte mit den Schultern. »Ich weiß nicht. Vielleicht sollten wir wirklich besser rausgehen.«

»Was soll schon passieren?« Marie lächelte Kim an. »Auf jeden Fall war deine Annahme goldrichtig. Du bist genial!«

»Quatsch. Das war einfach gutes Teamwork! Wenn Franzi nicht vermutet hätte, dass der Professor hier auf der Suche nach der Wunderkammer ist, und du die Bilder nicht wiedererkannt hättest, wären wir jetzt nicht so weit.«

»Stimmt auch wieder«, sagte Marie und grinste.

Die Detektivinnen klatschten sich ab.

Franzi lief zur Wunderkammer. »Wir sollten Meri und Sophie endlich informieren.« Sie machte Fotos von der Tapetentür und dem Inneren der Kammer. »Die beiden werden begeistert sein.«

»Vor allem müssen wir Anita und Isolde Schneider sagen, dass die Polizei gleich klingelt«, stellte Marie fest. »Die beiden kriegen sonst einen Riesenschreck.«

Im nächsten Moment hörte Franzi einen unterdrückten Aufschrei. Schnell drehte sie sich um und stieß mit Kim zusammen, die mit Marie in die Kammer drängte.

»Carsten ist auf der Terrasse«, zischte Marie.
»Er hat eine Pistole und ein Brecheisen dabei.« Kims Augen waren vor Angst geweitet. »Der will hier rein.«
Franzis Herz begann zu rasen.
»Weg hier«, sagte Marie. »Er braucht die Brechstange nicht. Wir haben vorhin vergessen, die Tür zu verriegeln. Der ist in zwei Sekunden drin.«
Die Detektivinnen stolperten aus der Kammer heraus und rannten durch die Flügeltür in den Salon.
Anita und Isolde Schneider schraken gleichzeitig hoch, als die aufgelösten Mädchen in den Raum stürmten.
»Was ist passiert?« Anita Schneider stellte ihre Teetasse so heftig auf dem Tisch ab, dass der Inhalt überschwappte.
»Fragen Sie nicht, kommen Sie einfach mit uns raus«, erklärte Kim atemlos.
Franzi lugte hinter der Doppeltür in den angrenzenden Raum. Sie schlug sich die Hand vor den Mund. Carsten stand im Atelier, die Terrassentür hinter ihm war geöffnet. Er ließ die Brechstange fallen und ging auf die Wunderkammer zu. Sein Gesicht war verzerrt. In den Augen lag pure Gier.
Franzi zog den Kopf zurück und rannte panisch den anderen nach, die bereits den Flur erreicht hatten.
Kim riss die Haustür auf und sie liefen, so schnell es mit den beiden älteren Damen ging, die Einfahrt hinunter.
»Erklärt mir bitte, was das soll!«, keuchte Anita Schneider neben Franzi.
»Gleich«, antwortete Franzi knapp.
Nachdem sie das Tor passiert hatten, sah Kim die Straße hinunter. »Mist, die Polizei ist noch nicht da.«

»Die Polizei?«, echote Isolde. Ihre Stimme klang, als sei sie kurz vor dem Ersticken.

»Sollen wir nach Bertram und Julia Breuer sehen?«, fragte Marie. »Ich habe ein ungutes Gefühl. Dieser Carsten scheint vollkommen ausgetickt zu sein und ...«

»Ich glaube, er will die Wunderkammer ausräumen«, platzte Franzi dazwischen.

»Da sind sie!«, rief Kim.

Tatsächlich kam Bertram Breuer mit Julia an seiner Seite geradewegs auf sie zugelaufen. Julia hatte Tränen in den Augen.

»Da seid ihr. Zum Glück«, sagte Breuer. »Ich wollte euch gerade warnen. Carsten ist völlig durchgedreht.« Keuchend blieb er vor der Einfahrt stehen und wies mit seinem Gehstock zu einem Auto, das halb mit den Vorderrädern auf dem Gehsteig geparkt war. Die Fahrertür stand offen. »Carsten will Eduards Kunst wegschaffen. Ist der Junge noch im Haus?«

Franzi nickte. »Aber die Polizei müsste da sein.«

Julia schluchzte. »Er hat uns hintergangen. Er hat von Anfang an geplant, mit den Sachen abzuhauen und sie zu verkaufen.«

»Ich wollte Eduards Kunst doch nur retten.« Breuer lehnte sich erschöpft an den Zaun. »Ich habe alles falsch gemacht.«

Franzi massierte sich die Schläfen. Sie verstand gerade kein Wort. Hatte sie bei dem Zusammenprall mit dem Ast vorhin doch mehr abbekommen als nur eine Beule? Funktionierte ihr Gehirn nicht mehr richtig? Sie sah Kim Hilfe suchend an, doch die rannte im selben Moment los. Franzi erschrak. Hatte Kim einen Panikanfall? Warum lief sie weg?

Jetzt duckte sich Kim hinter den Wagen mit der offen stehenden Fahrertür.

Marie sah Franzi verständnislos an.
Im nächsten Moment kam Carsten neben der Villa aus dem Garten. Er hatte drei Gemälde unter dem Arm und immer noch die Pistole in der Hand. Sein Ziel war ganz offensichtlich das Auto, das vor der Einfahrt stand.
»Lass es sein!«, schrie Breuer. »Wie stellst du dir das vor? Du kannst diese Sachen nicht einfach so verkaufen.«
Carsten sah kurz erschrocken hoch und fuchtelte mit der Pistole herum. »Aus dem Weg!« Er lief unbeirrt weiter.
Franzi zog Anita und Isolde Schneider mit sich hinter einen Verteilerkasten, der unweit von ihnen am Zaun stand. Marie folgte ihnen. Plötzlich war auch Kim wieder da. Sie drängte sich hinter Franzi.
»Wo warst du?«, zischte Marie.
Kim winkte ab.
Atemlos sahen die Detektivinnen zu, wie Carsten an Julia und Bertram Breuer vorbeilief, die sich erstarrt an den Zaun drückten.
Auf einmal jedoch kam Bewegung in den alten Mann. Mit einer Geschwindigkeit, die Franzi ihm nicht zugetraut hätte, hob er seinen Gehstock und ließ ihn auf Carstens Hand mit der Pistole niedersausen. Carsten schrie auf, die Waffe entglitt ihm und schlug auf dem Asphalt auf. Sie zersplitterte in mehrere Teile, die meterweit über den Gehweg schlidderten.
»Das war eine Spielzeugpistole«, raunte Marie. Sie trat hinter dem Verteilerkasten hervor.
Im nächsten Moment näherten sich auf der Straße ein Polizeivan und zwei Streifenwagen.
Carsten hechtete zum Auto, riss eine der hinteren Türen auf

und legte die Gemälde auf die Rückbank. Dann sprang er nach vorne, stieg ein und schlug die Tür zu.
»Verdammt, er flüchtet!«, schrie Franzi. Sie spurtete auf dem Gehweg dem Polizeibus entgegen und winkte. Hastig sah sie sich nach Carstens Auto um. Gleich würde der Wagen mit quietschenden Reifen durchstarten und davonfahren. Sie musste der Polizei signalisieren, dass sie ihn sofort verfolgen sollte.
»Alles gut!«, hörte sie Kim rufen.
Franzi sah zurück. Verwundert stellte sie fest, dass der Pkw mit Carsten darin sich nicht von der Stelle bewegt hatte. Stattdessen machte der junge Mann merkwürdige Verrenkungen auf dem Fahrersitz und schien hektisch seine Hosen- und Hemdtaschen zu durchsuchen.
Der Van hielt hinter dem Auto. Kommissar Peters sprang, gefolgt von drei Polizeibeamten, heraus.
Kim winkte ihm. »Der Mann in dem Wagen hier hat sich in die Villa geschlichen und wollte die Bilder mitgehen lassen. Nehmen Sie ihn schnell fest!«
Franzi blieb der Mund offen stehen.
Grinsend hob Kim die Hand. Zwischen ihren Fingern baumelte ein Autoschlüssel. »Gut, dass ich nachgesehen habe. Er hatte ihn doch tatsächlich stecken gelassen.«
»Ich fasse es nicht«, sagte Peters mühsam beherrscht und gab zwei Polizisten ein Zeichen. Die Beamten rannten zu Carstens Auto.
»Ihr habt mir eine Menge zu erklären«, brummte der Kommissar.
Franzi nickte. »Das ist richtig.« Sie blickte zu Bertram und

Julia Breuer, die dabei zusahen, wie der sich heftig wehrende Carsten von zwei Beamten zum Polizeibus gebracht wurde, während zwei weitere Polizisten die Gemälde aus seinem Auto holten. »Die beiden Herrschaften dort drüben haben aber noch viel mehr zu erklären. Ich glaube, dass sie uns bislang nicht die ganze Wahrheit gesagt haben.«
Der Kommissar sah die Detektivinnen mit einem durchdringenden Blick an. »Ihr scheint mal wieder mehr zu wissen als die Polizei.«

Geheimnisvolle Kräfte

Am Bus kam es plötzlich zu einem Gerangel. Carsten hatte versucht, sich loszureißen, und zwei Polizisten hielten ihn nun hart gegen das Fahrzeug gedrückt, während ein Kollege Carsten Handschellen verpasste.

»Das geschieht dir ganz recht«, schrie Julia Breuer. Sie wischte sich Tränen aus dem Gesicht. »Du mieser Betrüger!«

Bertram Breuer legte den Arm um sie. Traurig sah er den Gemälden nach, die in den Polizeivan geladen wurden.

Kim räusperte sich. »Herr Kommissar, ich nehme an, dass Sie sich später auf dem Revier um diesen Carsten kümmern.« Sie straffte die Schultern. »Am besten, wir gehen alle zusammen ins Haus. Dann können wir Ihnen zeigen, wo wir die gestohlenen Bilder gefunden haben, und Sie können Bertram und Julia Breuer vernehmen.« Sie drehte sich zu Anita und Isolde Schneider um. »Sind Sie damit einverstanden?«

Die beiden Damen nickten.

Der Kommissar zog die Augenbrauen hoch. »Kim Jülich, die Vorgehensweise wirst du schön mir überlassen!« Kim zog den Kopf ein.

Für einen Sekundenbruchteil huschte ein Lächeln über das Gesicht des Kommissars. Dann blickte er sie wieder streng an. »Also gut. Gehen Sie mit den Mädchen bitte ins Haus«, wandte er sich an Anita und Isolde Schneider. »Ich spreche mit der Spurensicherung und komme mit dem Herrn und der Dame nach.«

Die drei !!! wechselten einen triumphierenden Blick.

Eine halbe Stunde später waren alle im Salon versammelt. Der Kommissar hatte sich von den Detektivinnen die geheime Kammer zeigen lassen und mit zunehmendem Erstaunen die Geschichte ihrer Entdeckung schildern lassen. Jetzt lehnte er mit verschränkten Armen an der Wand und fixierte Bertram und Julia Breuer, die zusammengesunken auf dem Sofa saßen.

»Sie wussten von der Existenz dieser Kammer?«, fragte er den alten Herrn.

Breuer atmete schwer. Seine Hand umkrampfte den Knauf am Gehstock. »Ja«, sagte er leise. Er rang sichtbar um Fassung. Dann brach es aus ihm hervor: »Eduard und ich haben uns regelmäßig dort aufgehalten. Die Kammer wurde von seinem Urahnen Georg Wilhelm Schneider hier eingebaut und von Generation zu Generation um neue Artefakte aus aller Welt erweitert. Eduard war auch ein leidenschaftlicher Sammler. Allerdings hat er sich auf die bildende Kunst – Gemälde und Plastiken – spezialisiert.« Breuer rutschte umständlich zur Sofakante vor und griff nach der Wasserflasche, die Anita Schneider auf den Tisch gestellt hatte. »Wie sehr habe ich die Momente mit Eduard in der Kammer genossen. Wir haben seine herrliche Kunst bewundert und uns über Gott und die Welt unterhalten.« Breuer goss sich ein Glas Wasser ein.

»Einen Moment bitte«, erklang die schneidende Stimme von Kommissar Peters. »Haben Sie gewusst, dass es sich bei einem großen Teil der Gemälde und Skulpturen um gestohlene und als vermisst gemeldete Kunstwerke handelt?«

Breuer verschüttete etwas Wasser. Er stellte die Flasche ab und suchte nach seinem Taschentuch. »Ja.«

»Was!?«, platzte Franzi heraus.
Der Kommissar bedeutete ihr, zu schweigen.
Julia Breuer riss die Augen auf. »Onkel Bertram, das hast du mir nicht gesagt!«
Die drei !!! hielten den Atem an.
»Ich dachte, es sei besser, wenn du nicht alles weißt.«
Julia Breuer schlug die Hände vors Gesicht.
Anita und Isolde Schneider sahen verwirrt in die Runde.
»Eduard hat für diese Kunstwerke sehr viel Geld bezahlt«, fuhr Breuer fort. »Aber er hat sie nicht rechtmäßig erworben. Sie stammen von Hehlern, die gestohlene Kunst an ein reiches Privatklientel verkaufen. Zum Teil hat Eduard die Diebstähle auch in Auftrag gegeben.« Breuer wischte weiter auf dem Tisch herum. »Er war besessen von der Kunst. Es gab bestimmte Bilder und Plastiken, die er einfach haben musste. Koste es, was es wolle.«
Julia Breuer gab einen erstickten Schrei von sich.
»Es tut mir alles sehr leid, Julia. Niemand außer mir wusste von Eduards Leidenschaft. Und ich wollte, dass das auch so bleibt.« Breuer nahm das Glas und trank einen winzigen Schluck. »Ich wollte nach seinem plötzlichen Tod die Kunstwerke retten. Es war mir egal, woher sie stammten. Ich wollte sie weiter ansehen können. Wie damals mit Eduard. Ich wollte die Bilder und Plastiken zu mir holen.« Er drehte das Glas in seinen Händen. »Aber ich kam nicht mehr an sie heran. Eduard starb, als ich wegen meiner Hüfte im Krankenhaus und in der Reha war. In diesen Monaten sind Anita und Isolde in die Villa eingezogen. Als ich wiederkam, hatte Isolde Eduards Arbeitszimmer zu ihrem Atelier umfunktioniert. Es war

zum Verzweifeln: Ich hatte einen Schlüssel zur Villa, den mir Eduard vor langer Zeit schon gegeben hatte. Ich kannte den Mechanismus zum Öffnen der geheimen Kammer. Aber ich kam nicht mehr ungesehen an sie heran! Und dann erzählte Anita von ihren Umbauplänen. Da wusste ich, dass ich schnell handeln musste. Es war klar, dass der Architekt die geheime Kammer entdecken und den Fund bei den Behörden anzeigen würde. Dann wäre alles verloren gewesen!«

Franzi hielt es nicht mehr aus. »Sie haben uns also angelogen!«, rief sie wütend. »Sie wollten Anita und Isolde Schneider mit dem Einhorn-Spuk aus dem Haus vertreiben, um ungestört an die Kunstwerke ranzukommen. Nicht, weil Sie sich Sorgen um die finanzielle Situation der beiden gemacht haben!«

Breuer nickte.

»Es ist nicht zu fassen«, murmelte Franzi.

Anita und Isolde Schneider fassten sich an den Händen und starrten Breuer an.

»Stopp!« Der Kommissar runzelte die Stirn. »Kann mich bitte jemand aufklären, was es mit dem *Einhorn-Spuk* auf sich hat?«

Julia Breuer räusperte sich. »Dazu muss man etwas weiter ausholen: Mein Großonkel hat mir vor einiger Zeit von der geheimen Kammer und den Kunstwerken erzählt, an denen er so sehr hängt. Onkel Bertram meinte, dass Anita und Isolde bestimmt alles verkaufen würden, wenn sie vom Wert der Kunstgegenstände erfahren würden, weil sie jeden Cent für ihr Esoterik-Projekt brauchten. Deshalb wollte er heimlich in die Kammer und die Gemälde und Plastiken dort rausholen.«

Die junge Frau goss sich ein Glas Wasser ein. »Bertram hatte einen Plan und er bat mich, ihm zu helfen. Er wusste, dass Anita und Isolde übersinnlichen Dingen zugetan sind. Deshalb wollte er einen alten Einhorn-Geist, der in einer Legende vorkommt, die Eduard Schneider gerne erzählte, zum Leben erwecken. Die Erscheinung sollte Anita und Isolde Schneider dazu bewegen, die Villa für einige Zeit zu verlassen, sodass mein Onkel ungestört in die Kammer gelangen konnte.« Julia Breuer trank einen Schluck und wischte sich über die Augen. »Mein Onkel wäre alleine nicht in der Lage gewesen, den Einhorn-Spuk zu veranstalten. Ich war mir auch nicht ganz sicher. Also habe ich meinen Freund Carsten gebeten, uns zu helfen.« Julia setzte das Glas langsam wieder ab. »Ich schäme mich dafür, dass die beiden alten Damen so viel Angst hatten. Ich habe mir nicht bewusst gemacht, was das alles bedeutet. Ich dachte, die beiden erschrecken sich etwas, fahren deshalb ein paar Tage zur Erholung weg und in der Zeit könnte Carsten die Kunstwerke für meinen Großonkel aus der Kammer holen. Danach wäre das Einhorn nie mehr erschienen und alle hätten ihre Ruhe gehabt. Aber ...« Julia stockte und wischte sich eine Träne aus dem Auge. »Aber ich konnte ja nicht ahnen, dass Carsten von Anfang an etwas anderes geplant hatte. Das hätte ich ihm niemals zugetraut.« Sie sackte in sich zusammen und fing an zu schluchzen.

Bertram Breuer lehnte sich zurück und legte den Arm um seine Großnichte. »Scheinbar wollte Carsten uns nur helfen, in die Kammer zu gelangen, um die Kunstwerke an sich zu bringen und zu verkaufen. Ich habe den Jungen, genau wie Julia, völlig falsch eingeschätzt.« Breuer faltete das nasse Taschen-

tuch auf dem Tisch zusammen. »Seine Reaktion vorhin war völlig überraschend! Es war für mich und für Julia natürlich auch ein großer Schreck, als wir die offene Wunderkammer gesehen haben. Nie im Leben hätte ich es für möglich gehalten, dass fremde Menschen von der Existenz des Raums erfahren würden. Ganz zu schweigen davon, dass sie den Öffnungsmechanismus durchschauen würden.« Breuer sah die drei !!! durchdringend an. »Ihr habt alle meine Pläne durchkreuzt.«
Franzi verschränkte die Arme vor der Brust. »Ich kann nicht sagen, dass es mir leidtut.« Sie merkte, dass sie immer wütender wurde. Bevor sie jedoch losschimpfen konnte, sagte Kim: »Herr Breuer hat noch nicht zu Ende erzählt!«
Franzi schluckte und nickte.
Bertram Breuer knetete seine Hände. »Viel mehr gibt es nicht zu sagen. Als ich wusste, dass die Kammer entdeckt worden war, ließ ich alle Hoffnung fahren. Es hatte alles keinen Sinn mehr. Ich beschloss, die Vergangenheit ruhen zu lassen. Das Schicksal wollte offenbar nicht, dass ich Eduards Kunst bewahren sollte.«
»Allerdings wollten Sie sich selbst wohl auch vor gewissen Konsequenzen bewahren«, stellte Kim fest. »Sie haben vorhin so getan, als hätten Sie die Kammer noch nie gesehen, damit Sie nicht der Mitwisserschaft in einem Fall von Kunstraub bezichtigt werden.«
Breuer zuckte zusammen, schwieg jedoch.
»Besser hätte ich es nicht sagen können«, schaltete sich der Kommissar ein. »Nun wird es ganz gewiss Konsequenzen für Sie, Herr Breuer, und wahrscheinlich auch für Sie, Frau Breuer, geben.«

Die junge Frau schluchzte immer noch. »Ich bin doch schon gestraft genug. Ich werde Carstens Blick nie vergessen. Da war so viel Hass und Gier. Urplötzlich war er ein anderer Mensch. Als Onkel Bertram vorhin sagte, dass er die Kunstwerke aufgibt, ist Carsten vollkommen ausgerastet. Er hat geschrien, dass er den Spukkram schon viel zu lange mitgemacht hat. Dass das so nicht funktionieren konnte. Er meinte, er würde das Ding jetzt endgültig durchziehen und dann könnte er sich endlich absetzen!«

Julia Breuer schlang die Arme um ihren Oberkörper. »Es war schrecklich. Einfach schrecklich.« Mit glasigen Augen starrte sie an die Wand und wiegte sich vor und zurück.

Eine Weile sagte niemand etwas.

Schließlich seufzte der Kommissar. »Ich schlage vor, dass wir die Unterhaltung an dieser Stelle beenden.« Er sah Anita und Isolde Schneider an. »Oder haben Sie noch Fragen?«

Die Schwestern schüttelten stumm die Köpfe. Beide waren sehr blass, wirkten aber gefasst.

»Herr Breuer, können Sie eine Kaution für sich und Ihre Großnichte hinterlegen?«, fragte der Kommissar.

Der alte Mann nickte.

»Dann dürfen Sie, nachdem ich Ihre Personalien aufgenommen habe, nach Hause gehen. Halten Sie sich in nächster Zeit für eine Aussage auf dem Revier bereit.«

Der Kommissar wandte sich an die Mädchen. »Und ihr drei solltet euch jetzt auch auf den Heimweg machen. Ich denke, für heute ist es genug. Kommt in den nächsten Tagen zu mir aufs Revier!«

Detektivtagebuch von Kim Jülich
Mittwoch, 20:30 Uhr
Wir waren heute Nachmittag bei Kommissar Peters und haben über den Einhorn-Wunderkammer-Fall gesprochen.
Na ja, so viele Details gab es eigentlich gar nicht mehr zu klären. Auch, welche Strafe Bertram Breuer, seine Großnichte Julia und ihr Freund Carsten erwartet, konnte Peters uns zum jetzigen Zeitpunkt noch nicht sagen.
Ansonsten hat der Kommissar uns mal wieder eine Standpauke gehalten, weil wir uns – seiner Meinung nach – in viel zu gefährliche Situationen gebracht haben. Ich verstehe ihn nicht. Er traut uns einfach viel zu wenig zu. Okay, am Ende hätte es vielleicht gefährlich werden können, wenn die Pistole, die Carsten bei sich hatte, echt gewesen wäre. War sie aber nicht!
Ich glaube, Peters ärgert sich, weil wir ihm zuvorgekommen sind. Wir sind nämlich auf einige sehr wertvolle gestohlene Gemälde und Skulpturen gestoßen, nach denen die Polizei seit mehr als zehn Jahren erfolglos gesucht hat. Das Ganze ist echt verrückt: Der Kommissar hat nach unserem Hinweis auf das Auto mit der Kamera die Halterin ausfindig gemacht. Dabei stellte sich heraus, dass die Frau eine Privatdetektivin ist, die auf Kunstfahndung spezialisiert ist. Sie musste ihre Observation sofort abbrechen, weil die verdeckte Videoüberwachung von Privatgrundstücken auch für Detektive verboten ist. Aber sie erzählte dem Kommissar, dass sie im Auftrag eines Privatkunden auf der Suche nach ein paar gestohlenen Gemälden sei und seit Kurzem eine heiße Spur hatte: Über Kontakt ein Hehlerkreisen war ihr eine Liste zugespielt worden, auf der die Adressen von »Kunden« standen. Überraschung: Eduard Schneider war auch dar-

unter! Kommissar Peters hat sofort das Landeskriminalamt mit den Infos versorgt und eine Hausdurchsuchung beantragt. Das Antragsverfahren lief gerade. Wahrscheinlich wäre in wenigen Tagen die ganze Villa auf den Kopf gestellt worden. Aber dann kamen wir und haben die Wunderkammer und die gestohlenen Kunstwerke entdeckt. Tja!
Am Wochenende wurde der Raum komplett geräumt und alle Artefakte bei der Polizei eingelagert. Fachleute sortieren jetzt die Kunstgegenstände aus, die gestohlen worden sein könnten, und versuchen, die Besitzer ausfindig zu machen. Das ist bestimmt irre viel Arbeit und dauert sehr lange.
Meri und Sophie waren etwas enttäuscht darüber, dass sie die Wunderkammer nicht mehr in ihrem ursprünglichen Zustand ansehen können. Wenigstens haben wir Fotos gemacht. Außerdem haben die beiden ihren Professor auf das Tagebuch angesprochen. Nach kurzem Zögern hat er zugegeben, dass er es sich unter den Nagel gerissen hatte, um die Wunderkammer ganz alleine zu finden. Er wollte sich mit dem sensationellen Fund endlich einen großen Namen in Wissenschaftskreisen machen. Mannomann, das ist doch echt übertriebener Ehrgeiz! Nun hat Professor Gercke aber versprochen, dass er mit Meri und Sophie ein Forschungsteam bilden wird. Sie werden gemeinsam die alte Sammlung mit den rechtmäßig erworbenen Kunstgegenständen auswerten und katalogisieren, und dann wollen sie in einem Museum eine große Wunderkammer-Ausstellung organisieren. Meri meinte, dass im Katalog natürlich auch unsere Namen als Finder genannt werden. Cool, oder?
Anita und Isolde Schneider haben übrigens alle Artefakte der Wissenschaft zur Verfügung gestellt. Sie wollen mit der Wun-

derkammer nichts mehr zu tun haben, weil sie nicht mehr an die dunkle Vergangenheit ihres Onkels erinnert werden wollen. Das kann ich gut verstehen. Auch mit Bertram Breuer wollen sie keinen Kontakt mehr. Der alte Mann hat sie mehrfach um Entschuldigung gebeten, aber die beiden Frauen meinten, dass sie, um verzeihen zu können, erst mal eine ganze Weile Abstand bräuchten. Auch das kann ich verstehen.

Die beiden Frauen sind ganz schön mitgenommen von den Ereignissen der letzten Wochen. Aber Anita Schneider hat mir erzählt, dass sie und ihre Schwester sich mit Meditation, Yoga und Klangschalenspiel wieder stärken. An ihren Plänen für ein esoterisches Begegnungszentrum halten sie nach wie vor fest. Das finde ich super.

Jetzt muss nur noch eine Sache geklärt werden: Wo steckt die kleine Einhorn-Figur?! Die Alabaster-Statue mit dem vermeintlichen Einhorn-Horn ist nach wie vor verschwunden. Carsten hat Kommissar Peters gegenüber geschworen, dass er nicht wüsste, wo sie ist.

Frau Rösner, die Zugehfrau, hat Anita noch an dem Tag angerufen, als wir bei ihr gewesen sind, und hat ihr versichert, dass sie nichts mit dem Verschwinden der Statue zu tun hat. Sie meinte, ob es sein könnte, dass Isolde das kleine Einhorn von der Fensterbank genommen, irgendwo hingestellt und in der ganzen Aufregung vergessen hat.

Schwierig, schwierig. Ich könnte mir das, ehrlich gesagt, sogar vorstellen. Andererseits nehme ich ungern Ideen von verdächtigen Personen auf, die damit von sich selbst ablenken könnten.

Wie auch immer. Morgen haben wir uns bei Anita und Isolde Schneider zu einem Besuch angemeldet. Ich bin gespannt.

»Der ist aber schön!«, rief Marie, als sie den Salon betreten hatten.
Ein großer, bunter Blumenstrauß stand auf dem Tisch in der Sitzecke. Marie legte die Schachtel mit den mitgebrachten Törtchen vorsichtig daneben ab.
Anita Schneider lächelte. »Die Blumen sind von Herrn Rohloff. Nett, nicht wahr?«
»Vom schreienden Schriftsteller?«, fragte Franzi erstaunt. »Das ist ja mal eine Überraschung.«
»Herr Rohloff kam am Samstag von seinem Waldaufenthalt zurück und hat gesehen, wie die Kisten mit den Sachen aus der Kammer aus unserem Haus getragen wurden. Er hat einen großen Schreck bekommen, weil er dachte, dass wir wegen ihm ausziehen.« Anita Schneider goss Tee ein und der würzige Duft von Waldmeister und Pfefferminze erfüllte den Raum. »Er wollte nämlich gerade zu uns, um sich zu entschuldigen. Er hatte nachgedacht und festgestellt, dass sein Verhalten unmöglich war. Als ich ihm erzählt habe, was alles passiert ist, war er vollkommen entsetzt. Er ist am Abend noch mal vorbeigekommen und hat die Blumen gebracht.«
»Wirklich sehr nett«, sagte Franzi. »Vielleicht sollte Herr Rohloff mal eine Klangschalentherapie bei Ihnen ausprobieren, dann muss er zum Entspannen und Nachdenken nicht erst in den Wald fahren.«
Frau Schneider lachte. »Du wirst es nicht glauben. Ein Kollege hat ihm genau das empfohlen. Herr Rohloff kommt morgen zur ersten Sitzung.«
Kim grinste. »Wie schön, dass sich das Verhältnis zu Ihrem Nachbarn so positiv entwickelt hat.«

»Ja. Es gibt immer Überraschungen im Leben.« Anita Schneider setzte sich und legte die Hände in den Schoß. »Gute und böse. Ich hoffe, die guten werden in der nächsten Zeit überwiegen.«

»Ganz bestimmt«, sagte Kim mit fester Stimme.

Isolde Schneider kam mit einem Stapel Teller und Servietten in den Salon. Sie war sehr blass, begrüßte die drei !!! aber mit einem freudigen Lächeln. »Vielen Dank für den Kuchen, Kinder, das ist aber nett.«

»Sehr gern«, antwortete Marie.

Die Detektivinnen setzten sich nebeneinander auf die Couch. Franzi griff nach ihrer Tasse. Sie warf einen Blick zur Fensterbank, auf der das kleine Einhorn gestanden hatte.

Isolde sah ebenfalls zum Fenster. »Ich frage mich …«, begann sie, verstummte jedoch gleich wieder. Gongschläge erklangen vom Eingang her.

»Wer könnte das sein?« Anita Schneider schaute fragend in die Runde. »Der Architekt kommt morgen erst.« Sie stand auf und eilte in den Flur.

Franzi drehte ihre Tasse zwischen den Händen. »Frau Schneider, Sie wollten gerade etwas zu der Einhorn-Statue sagen?«

Isolde zupfte nervös am Ärmel ihres Seidenkaftans. »Nun ja. Ich überlege, ob ich den Geist des Einhorns mit einem bestimmten Ritual anrufen sollte, damit er die Statue zurückbringt.«

Im nächsten Moment kam Anita Schneider wieder. »Ihr werdet es nicht glauben!«, rief sie mit einem strahlenden Lachen und sehr roten Wangen. »Es gibt eine wunderbare Überraschung.«

Frau Rösner lief hinter Anita Schneider den Salon. Sie hielt einen großen Blumenstrauß in der Hand und machte ein betretenes Gesicht. Als sie die drei !!! sah, lächelte sie schief. »Das trifft sich ja gut. Mein Sohn Louis und ich haben nämlich etwas mitgebracht.«

Ein kleiner blonder Junge lugte hinter Frau Rösner hervor.

Franzi traute ihren Augen nicht: Der Kleine hielt die Einhorn-Statue in seinen Händen!

Louis stellte sie auf den Tisch. »Vielen Dank und Entschuldigung. Mama sagt, man muss immer vorher fragen.« Der Junge lief wieder zu seiner Mutter und hielt sich an ihrem Bein fest.

Isolde Schneider blinzelte ungläubig.

»Es ist mir sehr unangenehm«, hauchte Frau Rösner. »Louis hat sich das Einhorn ausgeliehen. Er holt mich ja immer nach dem Putzen hier ab, weil er in die Kita direkt um die Ecke geht. Letzten Mittwoch habe ich mich mit Frau Schneider noch länger am Tor über die Rosen unterhalten. Dabei ist Louis unbemerkt ins Haus gelaufen, hat sich die Statue geschnappt und in seinen Rucksack gesteckt.«

Anita Schneider lachte. »Louis hatte ich tatsächlich ganz vergessen.«

»Aber warum hast du das kleine Einhorn denn genommen?«, fragte Isolde Schneider entgeistert.

»Sein Horn kann zaubern. Emil hat es gebraucht.« Louis sah unsicher zu seiner Mutter hoch.

Frau Rösner beugte sich zu ihrem Sohn herunter und strich ihm über den Kopf. »Emil ist Louis' Cousin, der Junge hat sich das Bein gebrochen«, erklärte sie. »Herr Schneider hat Louis einmal erzählt, dass das kleine Einhorn magische Heilkräfte habe. Deswegen hat mein Sohn es sich ausgeliehen und Emil ins Krankenhaus mitgebracht.« Frau Rösner richtete sich wieder auf und trat zu Isolde Schneider. »Es tut mir unendlich leid, dass wir für solch eine Aufregung gesorgt haben. Emils Mutter hat die Statue erst heute Mittag zwischen den ganzen Spielsachen entdeckt, die auf seinem Nachttisch im Krankenhaus lagen. Sie wusste nicht, wo sie herkommt, aber Emil hat es ihr erklärt. Wir sind natürlich sofort losgefahren, um sie Ihnen zurückzubringen.«

Anita Schneider fing an zu lachen. »Ich bin sehr froh, dass sich alles so geklärt hat.« Sie nahm Frau Rösner den Blumenstrauß aus der Hand und strubbelte Louis durchs Haar. »Bitte, setzen Sie sich doch und trinken Sie einen Tee mit uns.«

»Ich hoffe, das Horn hat seine Heilkraft entfaltet«, sagte Isolde, während Frau Rösner sich setzte und Louis auf ihren Schoß krabbelte.

»Es ist wirklich ein kleines Wunder«, sagte Frau Rösner. »Emil kann morgen die Klinik mit einem Gehgips vorzeitig verlassen. Die Ärzte waren erstaunt, wie schnell der Heilungsprozess verlaufen ist.«

Isolde Schneider lehnte sich erleichtert zurück. »Die guten Kräfte überwiegen.«

»Das ist doch super«, sagte Marie. »Und es wird ab jetzt bestimmt immer so bleiben!« Sie strich sanft über die kleine Einhorn-Figur.

Franzi seufzte. Vielleicht gab es ja wirklich mehr Dinge zwischen Himmel und Erde, als sich der Mensch vorstellen konnte. Womöglich zählte auch die geheimnisvolle Kraft eines Einhorns dazu. Franzi war sich nicht sicher.

Sie sah Kim und Marie an. Ihre Freundinnen zwinkerten ihr zu. Und in diesem Moment wurde Franzi schlagartig klar, was auf alle Fälle sicher war: die geheimnisvolle und unschlagbare Kraft der Freundschaft!